U0094294

CIORAN

齐奥朗作品系列

生而
不称意

De
l'inconvénient
d'être
né

〔法〕齐奥朗 著

刘楠祺 译

人民文学出版社
PEOPLE'S LITERATURE PUBLISHING HOUSE

著作权合同登记号 图字 01-2024-0996

Cioran
De l'inconvénient d'être né
©Éditions Gallimard, Paris, 1973
All rights reserved.

图书在版编目 (CIP) 数据

生而不称意 /（法）齐奥朗著 ；刘楠祺译 . -- 北京：
人民文学出版社，2024
（齐奥朗作品系列）
ISBN 978-7-02-018586-3

Ⅰ . ①生… Ⅱ . ①齐… ②刘… Ⅲ . ①散文集－法国
－现代 Ⅳ . ① I565.65

中国国家版本馆 CIP 数据核字（2024）第 066507 号

责任编辑　李　娜　何炜宏
封面设计　钱　珺

出版发行　人民文学出版社
社　　址　北京市朝内大街166号
邮政编码　100705

印　　刷　山东临沂新华印刷物流集团有限责任公司
经　　销　全国新华书店等

字　　数　100千字
开　　本　787毫米×1092毫米 1/32
印　　张　8.875　插页5
版　　次　2024年5月北京第1版
印　　次　2024年5月第1次印刷

书　　号　978-7-02-018586-3
定　　价　79.00元

如有印装质量问题，请与本社图书销售中心调换。电话：010-65233595

目录 sommaire

第一章

凌晨三点。我意识到了这一秒，然后是下一秒，我盘点每分每秒。

为什么会这样？——因为我出生了。

质疑出生，源自某种特殊类型的失眠。

*

"自从我来到这个世上"——在我看来，这个自从充满了可怖如斯的意象，乃至不忍卒睹。

*

有一种认知，将我们所行之事的分量和范围悉数剥离：对它而言，除其自身，万事皆无来由。这一纯粹到连客体概念都深恶痛绝的观念反映出一种极端的认知，即行事与否一般无二，皆伴随同等的极度满足：满足于每次相见都能历数没有任何行动值得参与，没有任何事物会被实质性的留痕所增强，"现实"实乃疯子的领地。这种认知大可被视为后知后觉：似乎那认知者既生且死、既存在又已化作存在的记忆。在论及所有成绩时他会说"俱往矣"，其结果是，已然实现的行为顿失当下。

*

我们并未奔向死亡，而是在逃避出生的厄运，我们是狼狈逃窜的幸存者，希图忘却出生。恐惧死亡，只是对未来某种恐惧的投射，此恐惧可回溯到我们初生的时刻。

当然，不宜视出生为灾难：难道没有人教诲我们说，"生"乃至善，我们一生中最坏的时刻是在其终结而非开端？我们身后的那个"恶"，是真恶，而非眼前。它被基督所遗漏，却被佛陀所理解："诸弟子啊，若尘世无此三物，又何以成佛……"佛陀是将"生"置于"老"和"死"之前的，足证"生"是一切疾患与灾难之源。

*

任何真理，无论毁灭性多大，皆可忍受，只要它能取代万物，并像被它取代的"希望"一样生机勃勃。

*

的确，我什么都没做。但我看到了时光流逝——胜过试图填满时光多矣。

*

不必苦心孤诣著书立说，只须在醉汉或垂死者耳畔咕哝几句即可。

*

难得有什么民族、部落会为"生"呼天抢地，这也足证人类是何等堕落。

*

对抗遗传，意味着与数十亿年对抗，与首个细胞对抗。

*

每一份欢喜，或始或终，必有神在。

*

当下绝无自在，只有前我、远我、无我的那些不可计量的时刻才吸引我：非出生之时。

*

　　对肉体上的耻辱抱有欲求。渴望自己是刽子手之子。

*

　　你们有何权利为我祈祷？我无需任何人代我求告，我会独自应对。那祈祷若来自可怜人，我或可接受，若来自其他人，即便来自圣徒，我也不领情。我容不得任何人为我的救赎枉费心神。若我恐惧或逃避我之救赎，那尔等之祈祷该是多么草率！总之，你们的祈祷还是用到别处去吧，我们所求的绝非同一神祇。若我的神帮不上忙，我就有充分理由认为你们的神也无能为力。即便它们真如尔等想象的那样神通广大，对治愈比我的记忆还要古老的恐惧恐亦力有不逮。

*

　　感觉，是何等悲惨之事！或许，陶醉本身亦相去无几。

*

　　一切都表明，如果人渴望有别于造物主，其能为自身设定的唯一任务便是毁弃，便是不创造。

*

我知道自己的出生纯属偶然，是一次可笑的意外，可当我忘乎所以时，却把它表现得像是一桩重大事件，似乎对世界的平衡运转至为关键。

*

除却未为人父，犯过所有的罪。

*

一般说来，人人都在期待失望：他们知道自己不应该沉不住气，因为失望是迟早的事，但会留给他们必要的时间以专注眼前的事业。而对醒悟者，情形则有所不同：对他来说，行为发生的同时，失望也会猝不及防地造访；他无须期待失望，因其就在现场。为摆脱这种持续的局面，他挥霍掉一切可能，让未来变得多余。"在你们的未来中，我见不到你们了，"他对其他人说，"我们并不拥有任何一个共同的时刻。"对他而言，整个未来早就摆在这儿了。

一旦在开端便看到结局，我们会比时间走得还快。感悟，那闪电般的失望，提供了一种确定，将幻灭转化为解脱。

*

我欲摆脱表象，却身陷其中。更确切地说，我置身于这些表象和令表象毫无意义的那个东西之间，它无名无实、一无是处，却又涵盖万物。我永远做不到在表象外迈出关键的一步。我的天性让我踌躇不决，让我永远模棱两可，如果我试图从某方面或另一方面实现切割，我会因自己的救赎而消亡。

*

我失望的本能超出了理解的范畴。它让我理解了佛陀，但也让我不要随其而去。

*

不再为之难过之物便不再重要，也不再存在。藉此可以发现我们的过去缘何如此迅捷地不再归属我们而呈现出历史的样貌，从而不再与任何人有关。

*

在内心深处渴望像上帝那样被剥夺，如上帝那般可悲。

*

众生之间真正的接触，唯有藉缄默的在场、藉表面上的不沟通、藉行诸内心祈祷的那种神秘而无言的交流，方得以建立。

*

我花甲之年知道的，二十岁时便已了然于胸。四十年矻矻验证，何其漫长且多余……

*

我通常十分确信，一切事物皆缺乏论证，缺乏依据，缺乏正当性，无论谁敢反驳我，即便是我最尊敬的人，在我看来也都是江湖骗子或蠢货。

*

我从孩提时代起就意识到时光的流逝，它独立于任何参照、任何行为和任何事件，它与非时间分离，它自主存在，它地位特殊，它控制"绝对"，它专制暴政。我清楚地记得，那天下午，当我首次直面空荡荡的宇宙时，我不过是逃离了仍在履行自身职责的一段叛逆的瞬间。这个时间以我为代价，与存在剥离。

＊

　　我和约伯①不一样，我没有诅咒过自己的生日；却把其他所有的日子都诅咒个遍……

＊

　　若死亡只有消极一面，那么"死"就是一个难以实施的行为。

＊

　　万物皆存；万物皆无存。两句箴言，带来同样的宁静。不幸的是，焦虑者处于二者之间，颤抖、困惑，总是受细微差别的牵制，无法在存在之安全和无存之安全中立足。

＊

　　在这片诺曼底海滩，这么早，我不需要任何人。海鸥的出现让我不安：我用石块赶走了它们。它们发出超自然的尖叫，我意识到这正是我之所需，唯有灾祸能让我平静，我在天亮前起身就是为了与之邂逅。

---

① 约伯，《圣经·旧约》中的人物，是一位忠心不渝敬畏神的义人，曾为自己遭受的苦难诅咒过自己的生日。

*

在生命中活着——我遽然被这一陌生的表达所
震撼，它似乎不适用于任何人。

*

每当诸事不顺并因此同情自己的大脑时，我都
会被一种强烈的宣告冲动所迷惑。正是在这一时刻，
我猜到了改革者、先知和救世主是从何等卑贱的深
渊中崛起的。

*

我渴望自由，疯狂的自由。死胎般的自由。

*

如果说清醒有如许暧昧和不适，是因为我们滥
用了不眠夜。

*

对出生的萦念将我们带往过去之前的同时，让
我们丧失了对未来、当下乃至往昔的兴味。

*

放映"后历史"的日子里，我几乎没有一天不

看到众神在"人类篇"结束时发出的哄笑。

当无人再满足于"最后的审判"之愿景时，就需要一个备份的愿景。

*

一种观念，一个存在，任何能被具象化之物，丧失了其特征，变得怪诞。对结果的困惑。永远不要逃避"可能"，永远不要沉溺于永恒的微不足道，永远不要忘记出生。

*

真正的、唯一的厄运，便是降临人世。这一厄运始于侵略性，始于起源中的扩张和愤怒的本能，始于令其震撼的逐恶冲动。

*

时隔多年再见到某人时，应当面对面默坐数小时，一言不发，好让惊愕在沉默中得以回味。

*

遭受不育症打击的魔幻岁月。我没有为此欢欣鼓舞和宣告胜利的幻觉，没有把这场旱灾变为节日，没有把它视为自己的成就、成熟和终极超脱，我听任自己被怨恨和坏脾气侵蚀——在我们内心，这种怨恨和坏脾气有如执拗的老者和调皮的顽童，寸步不让。

*

我服膺印度哲学，其要义在于超越自我；凡我之所为、所思，皆不过是自我和自我之耻。

*

动必有旨；对吾侪而言，已毕的行动并不比追求的目标来得现实。无甚意义存焉，不过游戏而已。但也有人在行动过程中辨识出游戏：他们在前提中体验结论，在虚拟中感受现实，通过其存在的事实本身来颠覆严肃性。

非现实的意象，遍在而缺省的意象，都是日常感觉和瞬间销魂的综合结果。一切皆为游戏——无此启示，我们在漫长岁月里的感觉就不会有形而上之体验所需的典型印记，也就无法甄别其伪装，即种种不适。所有的不适，无非某种夭折的形而上之体验。

*

当我们耗尽对死亡的兴趣，并想象自己再也不能从中受益时，便开始反省出生，直面一个愈加不可穷尽的深渊……

*

这一刻，我很痛苦。这个对我至关重要的事件是不存在的，对他人、对众生甚至无法想象。除了上帝——如果该词语还有某种意义的话。

*

大家都说，如果一切皆属徒劳，那么做好自己手头上的事就还算说得过去。的确如此。可要想得出并认可这一结论，就不得从事任何职业，或是最多像所罗门[①]那样当个国王。

*

我的反应一如他人，甚至和我最鄙视的人也一样；但我通过自责——无论好坏——予以弥补。

*

我的感觉何在？它们已消失在……我的心里，而这个"我"，这个自身，若不是消失得了然无痕的

①　所罗门（前1010—前931），古以色列王国的第三任君主，《圣经·旧约·列王纪》称他有非凡的智慧。

那些感觉的总和，又会是什么？

*

非凡而空无——这两个目标适用于某种行为，因此也适用于由此产生的一切，首先适用于生命。

*

洞察力是唯一能使人自由的恶习——在某片荒漠中的自由。

*

随着岁月的流逝，知心者越来越少。一旦无人可以倾诉，最终将回落到一个名字之前的状态。

*

一旦摒弃抒情性，写满一页纸便成了一种考验：何必非要把打算说出的话毫厘不爽地写下来呢？

*

我们不可能接受一个受苦还不及我们多的人来评判我们。因为每个人都认为自己就是那个不被理解的约伯……

*

我渴望有一位理想的倾听忏悔的神甫，能向他倾诉一切、告解一切，我期待一位麻木的圣徒。

*

世世代代，生生死死，生者无疑掌握了死之诀窍；否则无从解释为什么一只昆虫或啮齿动物——甚至人类本身——在一番装腔作势之后还能以如此理所应当的方式死去。

*

天堂不堪忍受，否则人的始祖自会适应它；既然我们不喜欢此天堂而指望彼天堂，那么待在这个世界上就更是难以为继。该怎么办？去哪儿？索性无所事事，哪儿也不去。

*

健康自然是件好事；但那些拥有健康的人被剥夺了认知这一点的机会，自以为的健康是一种受到危害或危害将至的健康。既然没有人因不生病而倍感欢欣，我们便可以毫不夸张地谈谈对健康者的公正惩罚。

*

有人不幸；有人痴迷。谁更该抱怨？

*

我不指望人家对我公平：其他东西都可抛弃，不公平这剂补药却丢不得。

*

"一切皆苦"——现代佛教箴言会把它写成"一切皆噩梦"。

与此同时，涅槃被召来解除原本普遍存在的痛苦，它不再是供给少数人的稀缺资源，而是像噩梦本身那样司空见惯。

*

与失眠者每天的受难相比，偶尔一次受难又算得了什么？

*

深夜一点多，我在林荫道上散步，一颗栗子掉落足下。它落下时爆裂的声响在我心中激起的共鸣以及因这件小事引发的不成比例的震惊，让我沉浸于神迹，沉浸于终极的陶醉，似乎问题不再，唯有答案。我为上千种意想不到的发现所陶醉，却不知能拿来做点什么……

就这样，我险些触到那至高无上的境界。但我想，还是接着散步吧。

*

我们向他人坦陈自己的忧伤，只是为了让其难过，让他承受这些痛苦。若我们想获得他的同情，就只能让他分担我们那些抽象的折磨，这是所有爱我们的人唯一愿意听的。

*

我无法原谅自己被生下来。我混进这个世界就像是亵渎了某种奥义，背叛了某个重大的承诺，犯下了某个莫名其妙的大错。可是以一种不那么确定的心绪来看，出生就像是一场灾祸，我因不知道而无法释怀。

*

思想从来都不是无辜的。正因其无情，因其具有侵略性，才有利于我们打破桎梏。欲压制思想中邪恶的乃至疯狂的东西，就必须弃绝拯救的念想。

*

避免受骗，万全之策便是将"确定性"逐一引爆。

事实上，重大事项无一例外都是超越怀疑之后完成的。

*

很久很久以来我就意识到，此世界非我所需，我无法对付它；正因如此且仅因如此，我才获得了些许属灵的骄傲，在我看来，我的存在犹如一首褪色和过时的赞美诗。

*

我们受制于惊慌失措的思想，被引向未来，踏上了一条极度恐惧之路，走向死亡。我们也因此改变了思想的进程，令它们后退，将它们导回其诞生之初，并强迫它们在彼处徘徊。于是，它们甚至丧失了那一点点活力、那一点点无法平息的张力——蛰伏于死亡恐怖的深处，并对我们的思想产生助益，使其生长、发展、积蓄力量。由此我们便可看到，一旦轨迹相反，当思想终于遭遇原初的边界时，它们会无精打采、萎靡不振，不再有能量望向界外，望向那"从未诞生"之地。

*

此开端虽非我之开端，但对我很重要。若说我在出生时遇到过一个小小的麻烦，那就是我无法应对时间上那最初的时刻。所有个人的不适最终都归结于对宇宙起源的不适，我们的每种感觉都在救赎这种初始感觉的原罪，"存在"正是从这种感觉中神鬼不知地偷偷溜出来的……

*

我们可能更爱自己而非宇宙，我们对自己的憎恨似乎比想象的更严重。如果说贤哲的显现石破天惊，那是因为他似乎并未受到嫌恶的困扰，而且他像众生一样，必须养活自己。

*

若以同等强度来理解存在与非存在，则其间差别无几。

*

无知是一切的基础，它藉重复而每时每刻创造一切，这个世界或无论哪个世界之所以被创造出来，皆因其从未停止将不真实之物视为真实。无知是个巨大的误解，它是我们的全部真理之基，比聚合所有神祇还要古老，还要强大。

*

通过这一点，我们认识了那个对内心之追求已做好准备的人：他会把失败置于所有成功之上，甚至会有意无意地寻求这种失败。因为失败永属必然，它能向我们揭示自我，让我们能以上帝看待我们的方式看待自己，而成功则会让我们远离自己内心最私密的部分，远离一切事物最内在的部分。

*

曾经有过一段时光，那时，时间还不存在……拒绝出生，不过是对这段时间之前的时光满怀眷恋罢了。

*

我思念许多早已过世的朋友，我为他们感到难过。可他们没什么值得难过的，因为他们以死为开端，解决了所有问题。

*

在出生这件事情上，实在是缺乏必要性，我们只要比平时多思忖此事一点点，哪怕不知道该如何应对，也会停下来，待在那里咧嘴傻笑。

*

心智有两类：白天的和夜里的。其思维方式和道德准则各异。白天，它们相互提防；夜里，它们无话不谈。对一个别人正在熟睡、自己却在拷问时间的人来说，其所思所想的结果有益与否无关紧要。所以，他在认真思索自己出生这件倒霉事时，从未考虑过会伤及他人或自己。午夜时分，正是他陶醉于这种有害之真理的时刻。

*

经年累月，我们对未来形成了日益严峻的意象。这是否仅仅因为想被排除在未来之外而获得安慰呢？表面如此，实则不然，因为未来一向面目可憎，人只有在加重罪责后才能改过，所以在每个时代，在找到解决当下困境的出路之前，生存环境总是更能忍受的。

*

巨大的困惑中，要强迫自己像历史已被终结那样生存，像充满宁静的怪兽那样做出反应。

*

过去，如果当着死者的面自问"生他何用？"，那我如今会当着随便哪个活人的面问自己同样的问题。

*

对出生的强调无非沉溺于解决无解之题，直至癫狂。

*

对于死亡，我始终在"神秘"和"一无是处"之间、在金字塔和停尸房之间摇摆不定。

*

我们不可能感觉到自己有一段时间不存在。我们之所以对自己出生前的人物角色产生依恋，皆生发于此。

*

一天，一位日本宗教社团的僧人对一位西方游客说："禅修无我一时辰，仿佛自我是他人。"

我不常造访佛教禅院，可我始终未停止思考世界的不真实，即自我的不真实。我没觉得自己变成了他人，的确没有，可我仍有一种感觉，即我之自我原本就不真实，失去这个自我，除了某个物件，除了一切，我并无所失。

*

我没有依常识固守出生的事实，却铤而走险不断回溯某个未知之初始，从一个源头到另一个源头。也许有一天，我会设法抵达源头本身，于此安息，或于此沉沦。

*

某人侮辱我，真想揍他，思忖再三，没动手。

我是谁？哪个才是真实的我？是那个报复的，还是那个隐忍的？我的首个反应总是激情澎湃，接下来便软弱无力。所谓"睿智"，穷其源，不过是恒常的"思忖再三"，也就是说，"无为"才应当是第一反应。

*

如果依恋是一种恶，那就必须在出生之丑闻中查找原因，因为"生"即意味着依附。故而冷漠才宜于消除这一丑闻之痕，因为在所有丑闻中，该丑闻最严重且最不能容忍。

*

焦虑和恐慌中，一想到自己曾为胎儿，霎时就平静如初。

*

这一刻，人或神的责备都无法撼动我：我具有的良知宛如我从未曾存在过那样高洁清白。

*

若以为在遭受挫折并领受死亡和反对出生之间存在着直接的关系，那就错了。这种对立有其更为深远的根源，只要萌生怨恨生命的苗头，这种对立就会发生。其实，在极端幸运的例子中，对立会愈发激烈。

*

色雷斯人和鲍格米勒派① ——我不会忘记我和他们

---

① 色雷斯人（Thraces），巴尔干半岛最早的居民，属印欧语系族群，主要分布在今保加利亚、希腊、马其顿、罗马尼亚和土耳其等国境内。历史上，色雷斯人曾建立过达契亚王国和奥德里西亚王国，后被罗马帝国所灭。鲍格米勒派（Bogomiles），中世纪基督教异端派别，12世纪时流行于巴尔干半岛各国，其创始人称"鲍格米勒"（古斯拉夫语，意为"爱上帝者"或"上帝之友"），故名。该派号召信徒拒绝履行封建义务，不向国家权力屈服，推崇二元论的创世说，反对官方教会关于上帝创世完美无缺的教义。

共栖同一地区，也不会忘记前者会为新生儿哭泣，而后者则为证明上帝的清白而把创世的耻辱归咎于撒旦。

*

在洞穴的漫漫长夜中，不停独白的哈姆雷特肯定大有人在，因为我们有理由认为形而上折磨的最远点远早于这种普遍的乏味——是哲学的出现导致了这种乏味。

*

出生的执念源于记忆的强化和往昔的无所不在，以及对绝境、对第一个绝境的渴望。——没有出口，因此也没有来自往昔的快乐，只有来自当下的快乐和来自摆脱了时间之未来的快乐。

*

若干年来——实际上是终此一生——我们都在思考那个终极的时刻，结果当我们最终抵近时，却发现思考此事根本没用，思考死亡有助于一切，却不包括濒死之时！

*

正是我们的不适引发并造就了"意识"；这些不

适一旦使命终结，便逐个衰减和消失了。意识本身却依旧存在，比不适存世的时间更久，但不曾记得自己因不适而生，甚至无从了解不适为何物。所以意识不停地宣称自己的自治和自己的主权，即使当它厌憎自己、意欲自尽时亦是如此。

*

根据圣本笃[①]的规矩，僧侣若自满或仅仅惬意于自己的工作，就必须立刻远离并放弃该工作。

但对那些一直在渴望不满中生活、一直在悔恨和厌倦的狂欢中生活的人来说，那算不上什么令人生畏的危险。

*

如果上帝果真不偏袒任何一方，我就不会在他面前尴尬，所以我很想效法他，像它一样对任何事情都不发表意见。

*

起床，洗漱，然后便开始期待各种叵测的忧郁或恐惧。

---

① 圣本笃（saint Benoît，约 480—550），意大利修道士，基督教本笃会的创建人。

为获得一丝心神安定，我会奉献出整个世界和所有莎士比亚。

*

尼采真是太幸运了，他如愿地在欣快中终其一生！

*

不停地参照这样一个世界：在那儿，没有什么会愿意屈尊出现；在那儿，人们无欲地感知意识；在那儿，人们沉浸于虚拟，享受着自我之前的自己那份虚无的饱满……

不必既已出生，只需想一想吧——多么幸福，多么自由，多么广阔！

第二章

如果厌恶这个世界就能令其圣洁，我看不出为何我不能封圣。

*

没有人的生活像我这般如此贴近自己的皮囊：其结果是一场永无休止的对话以及某些我尽量既不去承认又不去否认的真相。

*

携"恶"比挈"善"更易前行。"恶"，其本质包容，相互帮助，共同放纵；而"善"则满怀嫉妒，明争暗斗，掣肘内斗，不相容又不宽容。

*

无论相信自己所为或他人所为，都有失虚浮。

我们应该避开幻象乃至"现实"，应该采取一种外在于众生万物的立场，如印度教箴言所说，像"孤独之象"那样活得无欲无求。

*

我因某人老派的笑容而宽恕了他的一切。

*

痛恨自我者绝少谦卑。

*

在有些人看来，一切，绝对之一切，关乎生理学：其肉体即精神，精神即肉体。

*

时间，其资源之丰厚，创造力和慈悲心远超我们想象，它拥有非凡的能力救我们出困境，又随时随地带给我们新的屈辱。

*

我孜孜寻觅上帝之前的景致。我由此偏爱混沌。

*

自打我注意到我怎么看都像是自己的最后一个

敌人之后，便决定再也不去对抗他人了。

*

很久以来，我始终认为自己是自古以来最正常的人。这种想法让我对"无为"产生了兴趣甚或激情：在一个疯子遍地、已堕入愚蠢或谵妄的世界里，自吹自擂又有何用？为谁烦恼，目的何在？我是否已完全摆脱这一确信尚有待观察，因其在绝对意义上是拯救，在当下却是毁灭。

*

暴力之人往往呈现病态，"色厉内荏"。他们生活在永久的愤怒中，以自己的身体为代价，恰似禁欲之人在静修的约束中慢慢损耗和枯竭自己，狂怒也如出一辙。

*

只有惮于向他人倾诉时，才该著书立说。

*

魔罗①那个孽障试图取代佛陀时，佛陀对他说：

---

① 魔罗（Mâra），又称"魔"，佛教神话中的恶魔，指夺人性命且阻碍善事之恶鬼神。原始佛教中，魔罗是天人，居于天界，曾出于嫉妒企图阻止佛陀证悟成佛，佛陀开始传教后又曾多次扰乱僧团弟子。

"你有什么权利宣称要统辖人类和宇宙？你为获得知识受过苦吗？"

这是一个至关重要、也许是唯一的问题，我们在细察任何人特别是思想家的时候，都应该先问问自己同样的问题。有两类人向来泾渭分明：一类在每获得哪怕是很小一点知识时都付出代价；另一类为数甚众，他们获得的是简便的、无关痛痒的、未经验证的知识。

*

有人说：此人无天赋，只懂音调。殊不知音调才是任何人都无法创造的，因为那是天赋。是一种与生俱来的优雅，是某些人拥有的特权，能让他人感受到其有机的脉动，这音调不仅仅是天赋，更是天赋的本质。

*

无论行经何处，我都有某种同样的无归属感，某种无用的游戏感：我装作对没兴趣的事物感兴趣，机械地受某些东西激励，或出于慈善而发奋，却不曾真正投入，也不曾达到任何深度。吸引我的是"他处"，却不知这个"他处"为何物。

*

人类越远离上帝，在宗教知识上的进步就越显著。

*

"……可伊罗兴①知道，你们吃下果子那天，眼睛就睁开了。"

眼睛一旦睁开，大戏便开场了。看而不懂，即是天堂。如此说来，地狱可能是我们能看懂的地方，一个能看懂太多的地方……

*

一个人，只有当他置身最低谷，无欲且无力重返其习焉不察的幻想时，我方能与之相处融洽。

*

无情臧否自己的同时代者，有望在后人眼中成为有洞察力的人。还能一举摒弃致命的赞赏，远离可能的无妄之灾。因为赞赏本是一种冒险，且最不可预判，因其结局有时会皆大欢喜。

①　伊罗兴（Élohim），又译埃洛希姆、以利、耶洛因，是古代犹太教对上帝的称呼，在希伯来语中表达"神"或"神明所具有"的意思。

*

尼采说思想源于行走。而商羯罗 [①] 则明言行走易涣散思想。

这两种观点都有据可稽，因而也是正确的，每个人都可在一小时甚或一分钟内证实这一点……

*

语言不经拷问和磨砺，任何类型的文学原创性都不可能生成。坚持表达这一观念，情形会有所不同。我们注意到身处这样一个领域，自前苏格拉底时代以来其要求就不曾更改。

*

如果打算写作，何不回溯到概念之前，径自书写出感觉，记录下触摸到的些微变化，做爬行动物天生会做的事!

*

我们所能拥有的一切美好，皆来自我们的怠惰，来自我们的无所作为，来自我们无法付诸实施的计

———————————
① 商羯罗（Sankara），印度中世纪经院哲学家，吠檀多不二论的著名理论家，属婆罗门种姓。

划和设计。正是不能自我成就或拒绝自我成就才维系了我们的"懿德"，唯有不遗余力的意志才导致过度，导致失调。

*

亚维拉的德兰[①]谈过的那个"光荣的谵妄"，标志出她与上帝结合的某个阶段，这正是某个思维枯竭且心生嫉羡的灵魂永不会原谅一位神秘主义者的地方。

*

我没有一刻不意识到自己置身天堂外。

*

唯隐藏着的才深刻而真实。卑劣的情感力量由此生发。

*

《师主篇》[②]说，要喜爱"不为人知"（Ama nesciri）。

---

① 亚维拉的德兰（Thérèse d'Avila，1515—1582），旧译"德肋撒"或"圣女德肋撒"，西班牙神秘主义者，罗马天主教圣人，加尔默罗会修女和改革者，反宗教改革作家，其作品是基督教神秘主义的重要组成部分。
② 《师主篇》（L'Imitation），又译《师主吟》《遵主圣范》或《效法基督》，是一本天主教灵修书，1418年匿名出版，其作者普遍认为是德国隐修士、文艺复兴时期宗教作家多默·耿稗思（Thomas a Kempis，1380—1471）。

唯遵行此戒，方能满足于自我，满足于世界。

*

一本书的内在价值不取决于主题的重要与否（否则神学家会遥遥领先），而取决于如何处理偶然和次要的问题，取决于如何控制细节。基本要素从来不能由缺乏天赋的人决定。

*

落后或领先他人一万年的感觉属于人类起源或终结的感觉……

*

否定从未来自论证，而来自一种含混幽深、晦涩古老的推理。接下来需要的才是论证，以证实和支持论点。所有的"不"都是遗传下来的。

*

借助于被侵蚀的记忆，我们才能回忆起物质最初的创举以及随之而来的生命冒险……

*

每当我想不到死亡的时候，都觉得自己是在欺诈，是在哄骗内心的某人。

*

有些黑夜，即使最挖空心思的拷问者也难以生造。我们从这些黑夜走出，破碎，愚钝，晕眩，丧失记忆，了无预感，甚至不知自己是谁。此时，白昼似乎无用，光明仿佛有害，乃至比黑暗还要压抑。

*

果蝇若有意识，也必得像人类一样面对同样的困难、同样无解的问题。

*

做动物胜过做人，做昆虫胜过做动物，做植物胜过做昆虫，依此类推。

救赎？任何削弱意识之统治并损害其至高无上之地位的事物，皆属救赎。

*

他人之不足我尽有，但仍觉他人所为不可思议。

*

从自然的角度看，人天生要过外向型生活。如果他只想省视内心，就必须闭阖双眼，放弃事业，趋避潮流。所谓"内心生活"是一种迟来的现象，只有生命活动放缓才有可能实现，而"灵魂"也只有在损害器官正常运转的前提下才有可能显现和绽放。

*

仅仅是大气的微小变化就会破坏我的计划，更不用提自己的信念了。这种最令人蒙羞的依赖方式始终困扰着我，恰如它驱散了我绝无仅有的一点儿幻想，如我拥有自由的可能性以及拥有自由本身。既然"湿"和"干"都要摆布我们，还有什么值得夸耀？我们渴望一种不那么悲惨的约束关系，也渴望能有另一类神祇。

*

自杀没必要，因为我们总是自杀得太迟。

*

当我们坚信所知一切皆属虚妄时，真不明白为什么还要劳心费力去证实它。

*

光告别黎明、驰骋于白昼时，会糟蹋自己，只有在消失的那一刻它才又赎回自身——黄昏的伦理。

*

佛教典籍中常常提及"生之深渊"。那确是深渊，是无底洞，人掉不下去，反而从中冒出来，令每个人都懊恼无比。

*

对约伯和尚福尔[①]，对他们的大声疾呼和尖酸刻薄的感念之情，间隔的时间越来越长……

*

每个看法、每种观点都必然是片面、断章取义和不充分的。在哲学和其他任何事物中，原创性都可归结为定义不全。

*

细细斟酌我们所谓的慷慨行为，某种程度上，没有哪种行为不该受到谴责，没有哪种行为无害，这让我们对所作所为不能不有所遗憾，所以我们最终只能在弃绝和懊悔间做出选择。

[①] 尚福尔（Sébastien-Roch Nicolas de Chamford，1741—1794），法国 18 世纪诗人和伦理学家。

*

最不起眼的屈辱会引发爆炸性的力量。被压抑的欲望会赋予我们力量。人越是远离这个世界，越是不依附于这个世界，对这个世界的控制力也就越大。弃绝可令其能量无限。

*

我的失望未聚成中心，也未形成系统或整体，它们是分散的，每种失望都以为自己独一无二，且因缺乏组织而消耗殆尽。

*

只有那些藉进步或地狱之名奉承我们的哲学和宗教才会成功。不管被诅咒与否，人类都有一种绝对的渴望，即成为万物的中心。正基于此，人才是人，人才成其为人。若有一天不再有此需求，就不得不让位给另一种比人更骄横、更疯狂的动物。

*

他厌恶客观真理，厌恶辩论的苦差事，厌恶没完没了的推理。他不喜欢张扬自己，不愿意说服他人。他者不过是辩证学者的发明。

*

我们越是遭受时间的迫害，就越想逃离它。只须书写出毫无瑕疵的一页，只须一句话，就能让我们超然于变异及其毁坏。我们在语言中、在失效的符号自身寻求不灭之物，以超越死亡。

*

面对最严重的挫折，羞耻感有可能会压倒我们，此时，一种倨傲的狂躁突然将我们攫获，它不会持续太久，只会耗尽我们的精力，让我们用自身之力降低羞耻感的烈度。

*

死亡若真像人们所说的那样可怕，为什么一段时间过后，我们会认为任何不再活着的人都是有福的，而无论是敌是友？

*

我不止一次突然走出家门，因为我不确定继续待在家里能否抗拒心血来潮的决定。街上更让人安心，因为在那儿我们较少考虑自己，而且一切都因我们自身的不安开始变得脆弱和卑微。

*

当所有人入睡，当所有人哪怕是病人都在休息，"清醒病"的特征就显现了。

*

年轻时，我们以意志薄弱为乐。意志薄弱看上去那么新鲜，那么丰富！年齿日增，意志薄弱不再令人惊讶，对此我们太了解了。所以，若无意外，意志薄弱根本不值得容忍。

*

人一旦诉诸内心、开始努力工作并有所产出，就会归功于自己的天赋，对自己的缺点不再敏感。没有人会承认自己内心的激情或许一文不值。"认知自我"？一个纠结的术语。

*

所有这些诗只涉及"诗"的问题，一首诗，除却自身，再无其他本质。对一首以宗教为目的的祈祷诗，我们能说些什么呢？

*

质疑一切的头脑在历经上千次诘问后，也会陷入近乎彻底的惰怠。这种状态，其实呆钝的人凭本能从一开始就清楚。因为，如果惰怠不是天生的困惑，又会是什么？

*

我最倚重的贤哲伊壁鸠鲁①写过三百多篇文章，令人失望至极！而这些文章的失传不啻解脱！

*

——你从早到晚都做些什么？
——忍受。

*

舍弟评价母亲经受的苦难和不幸："衰老是大自然的自谴。"

*

西哀士②说过："要么喝醉，要么发疯，才能得

---

①　伊壁鸠鲁（Epicure，前341—前270），古希腊哲学家，无神论者，伊壁鸠鲁学派的创始人，其学说的主要宗旨是要达到不受干扰的宁静状态，并学会欢乐。
②　西哀士（Emmanuel-Joseph Sieyès，1748—1836），法国天主教会神甫，随笔作家，法国大革命、法国执政府和法兰西第一帝国的主要理论家之一，其文章《什么是第三等级》成为法国大革命的宣言，并促使三级会议成立国民议会。1799年，西哀士煽动雾月政变，将拿破仑送上权力巅峰。

心应手地使用已知的语言。"

我想补充说，要么喝醉，要么发疯，才敢继续使用词语，才敢使用任何一个词语。

*

自以为从暗示中获得神启的狂徒从事任何职业都能胜出，除了当作家。

*

我始终害怕碰到最坏的情形，所以在任何情况下都试图先发制人，在不幸发生前先让自己深陷不幸。

*

我们不嫉妒那些有祷告能力的人，却嫉羡那些有钱人和体验过名利双收的人。奇怪的是，我们可以任由他人拯救，却容不得他人也能享受一些转瞬即逝的好处。

*

我遇到的每一个饶有情趣的人，身上都满是难以容忍的缺点。

*

没有海量的平庸，便没有真正的艺术。总是标新立异固然很快便令人生厌，而千篇一律的标新立异则更难忍受。

*

使用借来的语言写作，其麻烦是不能犯太多的错。然而，正是藉寻找某种特定的不正确而非滥用这种不正确、藉时刻提防句法的错误，写作才有可能展示出生命的面貌。

*

每个人都下意识地以为只有自己在单枪匹马追求真理，他人求之无门，也不配拥有真理。此种疯狂如此根深蒂固，作用如此之大，真不堪想象若有一天它消失了，我们每个人会变成什么样子。

*

第一位思想家肯定是第一个问"为什么"的狂躁症患者。这种罕见的狂躁症根本不传染。鲜少有人实际上会遭受其苦，他们受质疑折磨，不能接受任何已给定的条件，因为他们生于惊惧。

*

所谓客观，意味着对待他人有如处置一个物件、一具尸首，意味着行事有如殡葬师。

*

这一秒永远地消失了，无可挽回地消失在众多"一秒"当中。再也回不来了。我为此难受却又不难受。一切都是独一无二的——且微不足道。

*

艾米莉·勃朗特[①]。来自她的一切都具有让我心旌摇动的属性。霍华斯[②]是我的朝圣之地。

*

沿河行走，渡河，与河水同流动，不费力，不匆忙，而死亡在我们内心继续其沉思和不间断的独白。

*

唯有上帝有权抛弃我们。人只能放手。

[①] 艾米莉·勃朗特（Emily Brontë, 1818—1848），英国诗人和作家，小说《呼啸山庄》的作者。
[②] 霍华斯（Haworth），英国村镇名，勃朗特三姊妹的故乡。

*

不具备忘却的能力，我们的当下就会被往昔死死重压，让我们无力面对下一秒钟，更遑论度过了。看来，生活只有那些天性虚浮且实际记不住事的人才能忍受。

*

波菲利[1]说过，柏罗丁[2]拥有阅读人之灵魂的天赋。一天，他没有任何开场白便告诫他这位弟子最好出去旅行，别试图自杀，实令这位弟子惊诧。波菲利去了西西里，在那里治愈了自己的抑郁症，但他也不无遗憾地补充说，他师父在他外出期间去世了。

哲学家们已经很久没有审视过人的灵魂了。有人或许会说，这不是他们的工作。有这种可能。但如果哲学家对我们不再重要，我们也无须大惊小怪。

---

[1] 波菲利（Porphyre de Tyr，234—约310），罗马帝国时期的新柏拉图主义哲学家，柏罗丁的弟子。柏罗丁去世后，他将柏罗丁的54篇著作编纂成6卷《九章集》，并撰写《柏罗丁传》。
[2] 柏罗丁（Plotin，205—270），又译普罗提诺，罗马帝国时期的哲学家，新柏拉图主义的奠基人，其学说融汇了毕达哥拉斯和柏拉图的思想以及东方神秘主义，视太一为万物之源，认为人生的最高目的就是复返太一，与之合一。柏罗丁的思想对中世纪神学及哲学尤其对基督教教义有很大影响。

*

　　一部作品只有在暗中精心筹措就绪，并在那个策划一击致胜的刺客的关注下才会存在。在这两种情形中，出击的意愿至为重要。

*

　　所有认知中，最痛苦也最不易培养的，是自知之明：何必从早到晚都发现自己因在幻觉下行动而出错，无情地追溯每一行为的根源并在自己的法庭上一而再、再而三地败诉呢？

*

　　每当我失忆时，就会想象那些明知自己什么都不记得的人所经历的痛苦。但有件事情告诉我，一段时间过后，一种秘不可宣的快乐便会支配他们，这种快乐，他们不会同意交换任何回忆，哪怕是最刻骨铭心的回忆。

*

　　装得比任何人对任何事都更超脱、更疏旷的人，不过是冷漠的疯子！

*

　　人越是遭受矛盾的冲动折磨，就越不知该屈从从哪一个。这就叫缺乏个性，仅此而已。

*

　　那纯粹的时间，那将各类事件和众生万物淹去的时间，它只在黑夜的某些时刻出现，那时，你们自会感知它的降临，它只操心一件事，就是将尔等扫进某个足资惩戒的灾难。

第三章

遽然觉得自己对每件事都知道的和上帝一样多，刹那间这种感觉又消失了。

*

第一手思想家思考万物；其他人则思考问题。应当直面存在而生存，而不是直面精神。

*

"不服输！还等什么？"——每种疾病都会向我们发出伪装成质问的传票。我们充耳不闻，但同时也知道这场戏演砸了，下次必须壮起胆子认赌服输。

*

年齿日增，我对谵妄愈尤反应。思想家当中，我独爱死火山。

*

年轻时我对自己厌倦得要死，但我相信自己。虽未预感自己会碌碌无为，但知道无论发生什么，"困惑"都不会遗弃我，它会以"天意"的精确和热情守望我的岁月。

*

若能藉他人之眼审视自己，我们当场就会遁形。

*

我对一位意大利朋友说，拉丁民族无秘密可言，因为他们太过开放，太过奢谈，而我更喜欢那些被羞怯折服的民族，此外，一个在生活中不懂得害羞的作家，其作品不值分文。"诚如君言，"他答道，"在书中讲述自己的经历时，这种讲述缺乏强度和张力，因为此前我们已经重复过上百遍了。"我们还因此谈到了女性文学，谈到了这种文学在沙龙和忏悔室盛行的国家缺乏神秘感的问题。

*

我不知是谁说过，人不该剥夺自己的"虔诚之乐趣"。

为宗教辩护，还有比这更幽微的机心吗？

*

这种想修正自身冲动、变换偶像、在他处祈祷的渴望……

*

偃卧田野，嗅着泥土的味道，告诉自己说，这味道才是结束我等之压抑的希望，若想休息和自我排解，这法子别提多好了。

*

忙得不可开交之时，我无暇思考什么事会有"意义"，更不会去想我在做什么。这证明，一切之秘密都在于行动，而不在于戒弃，戒弃是意识的致命起因。

*

一个世纪后的绘画、诗歌、音乐会是什么样貌？没人能够想象。犹如雅典或罗马陷落后，艺术由于表达手段及意识本身的枯竭，有很长时间停滞不前。为重新沟通曩昔，人类就必须创造出第二种天真的心性，否则艺术将永远无法重启。

*

在这座丑之又丑的教堂里有一个小礼拜堂，圣母和圣子立于穹顶之上。一个咄咄逼人的教派，它颠覆和征服了一个帝国，并以巨型发育为开端，遗传了该帝国的所有缺陷。

*

《光明篇》[①] 说："有人方有花。"

我倒宁愿相信人出现之前便已然有花，而人的出现吓坏了花，至今都缓不过神来。

*

读克莱斯特[②] 的诗，每一行都会想到他的自杀。仿佛他先于其作品便已自杀了似的。

*

在东方，没有人把那些最具好奇心、最古怪精灵的西方思想家当回事，认为他们自相矛盾。而这，

[①] 《光明篇》(*Zohar*)，13 世纪犹太教神秘主义喀巴拉派的重要经典之一。

[②] 克莱斯特（Heinrich von Kleist，1777—1811），德国诗人、剧作家和小说家，代表作有喜剧《破瓮记》和心理剧《彭忒西勒亚》。

正是我们对其感兴趣的原因。我们可能不喜欢某种思想，但想了解它在发展过程中的辗转反复，想了解它的发展脉络，想了解其中的不相容和偏差，总之，想了解那些不知如何与他人相处更不知如何与自己相处的灵魂是如何通过奇思和天命来骗人的。其特点何在？悲剧中人总有一丝矫饰，即便在从不改弦易辙之人中，也有几分戏弄……

*

在《创办》①一书中，亚维拉的德兰用很长篇幅描述了抑郁症，因为她发现此病无法根治。她说，医生们对此束手无策，而修道院院长们面对此类病人也只有一招，就是刺激病人惧怕权威，恐吓他们，使之畏惧。而这位圣女在书中推荐的方法至今仍然效果最佳：就是对"抑郁者"拳脚相加、暴揍一顿。另外，若"抑郁者"想结束这一切时也会用此方法：他采用的是更彻底的手段。

*

在生命的任何行为中，头脑充当的都是令人扫兴的角色。

---

① 《创办》（*Les Fondations*）是亚维拉的德兰的自传，创作于1573—1582年，她在这部自传中回忆了自己创办多座修道院的经历。

*

这些要素厌倦了老套的主题，厌倦了一成不变又无惊喜的组合，我们很容易就能想到它们是在寻开心：生命无非一次离题、一桩轶事……

*

能够做成的一切在我看来都是有害的，充其量也是无用的。如果需要的话，我可以兴奋，但不能有为。华兹华斯对柯勒律治的描述我理解尤深：没有行动，却永远在动 [①]。

*

每当我觉得某事仍有可为时，就觉得受到了蛊惑。

*

唯一真诚的告解是我们间接做出的——臧否他人。

[①] 华兹华斯（William Wordsworth，1770—1850），英国浪漫主义诗人。柯勒律治（Samuel Taylor Coleridge，1772—1834），英国诗人和评论家，英国浪漫主义文学的奠基人之一。此句原文为英文：Eternal activity without action。

*

我们并非因真实而接受某种信仰（所有信仰都是真实的），而是有某种暗黑势力怂恿我们接受。当这势力远离我们时，我们便在直面内心残存之物中沮丧和崩溃。

*

"形式完美，精神自当即时径现，而粗鄙的形式只会幽闭精神，像面破镜子，令我等徒睹其形。"

罕有德国人能像克莱斯特那样，对"清晰"说出如此褒语。克莱斯特此语并非特指哲学，因为哲学无论如何都不是他的标靶；但这并不妨碍此语成为他对哲学术语——一种伪语言——一针见血的批评：该哲学术语在试图反映观念时，只是画出了一道轮廓令观念受损，只是改变了观念的本质并使其晦暗，只是让我等注意到这种术语本身。通过最寡廉鲜耻的僭夺，这种本该默默无闻的词语却成了某领域中的明星。

*

"哦，撒旦，我的主人，我把自己永远奉献给你！"——我真遗憾没记住那位修女的名字，她用钉子蘸着自己的鲜血写下了这行祈祷词，真值得收进拉科尼式简略语[1]选集！

*

意识远非肉中刺，而是刺进肉里的匕首。

*

除了"欢乐"，每种情感状态中都有"无情"存在。德语将"幸灾乐祸"写成 Schadenfreude 是个误解。作恶是一种"快乐"（plaisir）而非"欢乐"（joie）。"欢乐"是世上唯一真正的胜利，其本质至纯，因而绝不能被简化为无论其自身还是其表现皆令人生疑的"快乐"。

*

一种不断被失败改观的存在。

*

贤哲可以赞同一切，因为他不将自己等同于任

---

[1]　拉科尼式简略语（laconisme），指言意赅甚至简略到不够礼貌的用语。拉科尼亚（Laconie）是希腊伯罗奔尼撒半岛的一个地区，首府是斯巴达（Sparte），生活在这里的人以作风艰苦朴素和说话不拖泥带水闻名。"拉科尼式简略语"一词由此而来。

何事物。一位无欲无求的机会主义者。

*

据我所知，只有一种诗歌观点即艾米莉·狄金森[1]的诗歌观点令人叹服，她说自己面对一首真正的诗时，会被一种冷彻入骨的"寒意"所慑服，再没有什么炉火能让她感到温暖。

*

大自然最大的错误在于未能将自己限制在单一的主宰之下。在植物旁边，一切似乎都显得不合时宜、不受欢迎。太阳本该在第一只昆虫出现时就生气，在黑猩猩闯入时就彻底离开。

*

随着年齿日增，我们越发执著于自己的过往而非深入探究"问题"，这肯定是因为唤起记忆比激发创意来得容易。

*

我们最后宽恕的那些不忠诚的人，是我们一直

---

① 艾米莉·狄金森（Emily Dickinson，1830—1886），美国女诗人，被认为是美国现代主义诗歌的先驱之一。

令其大失所望的人。

*

别人无论做什么，我们总觉得自己能做得更好。不幸的是，我们对自己做的事却从不曾有过同样的感受。

*

穆罕默德告诉我们："水和黏土还未合成亚当时，我已然是先知了。"
……创立一种宗教——或至少毁掉一种宗教——若没有傲气，如斯之人还怎敢在光天化日下自吹自擂？

*

超然是学不来的：那是文明的一部分。求之无门，唯有感悟。这是我在阅读一位传教士回忆录时的随想。这位传教士在日本待了十八年，满打满算只有六十个人皈依，且都是高龄入教。但这些人最终还是离开了他：他们在抵御蒙古人时以日本人的方式死去了，没有悔痧，没有痛苦，无愧于他们的先祖：内心早已浸润于万物之虚无、自我之虚无。

*

　　我们只有在仰卧时才会思考"永恒"。在漫长的岁月中，"永恒"是东方人的主要关注：他们不是最喜欢躺平吗？

　　一旦躺平，时间便停止了流动，停止了计数。历史是一群直立之屠头的产物。

　　人作为直立动物，必须养成向前看的习惯，不仅看空间，还要看时间。"未来"之始，何其可怜！

*

　　每个厌世者，无论多真诚，也会令我不时记起那位卧床不起、被彻底遗忘的老诗人，他十分痛恨其同时代人，乃至下令不再接待其中任何一位。其妻出于慈悲，仍不时去敲门。

*

　　一部作品改无可改时，即便仍觉得不充分、不完整，也算是完成了。心生厌倦时，我们甚至没有勇气再加上一个逗号，哪怕这逗号非加不可。衡量一件作品是否完成，绝非对艺术或真理的追求，而是疲惫，或毋宁说，厌倦。

*

书写最短的句子也需要有所创意，再困难的文本只要略加关注也足以深入其间。较之阅读《精神现象学》①，在明信片上涂鸦更接近一种创作活动。

*

佛教称瞋怒为"心灵污垢"；摩尼教称之为"枯树根"。

我知道这一点。但知道了又有何用？

*

过去我对她根本不上心。这么多年过去了，我突然意识到再怎么着也见不到她了，就觉得整个人都不好了。我们只有陡然想起某个与我们毫不相干者的面孔，才能理解死亡是怎么回事。

*

艺术一旦走上绝路，艺术家便会成倍增加。如果我们意识到艺术在枯竭过程中变得既不可能又着

————————

① 《精神现象学》是德国哲学家黑格尔（Georg Wilhelm Friedrich Hegel，1770—1831）阐述自己哲学观点和方法论原则的第一部纲领性巨著，首次出版于1807年。

实容易，那么这种反常现象便不再反常了。

*

无人会为他是谁或其所为而担责。显然，每个人或多或少都会认同此观点。既如此，何必还要褒贬他呢？因为生存本身即意味着评估，意味着判断，而弃绝，除非冷漠或怯懦，则需付出无人愿意付出的努力。

*

匆忙，无论其形式如何，即便是向善，也会暴露出某种精神层面的紊乱。

*

最不纯洁的念头出现在我们的一次次焦虑、一场场恼怒的间隙，出现在我们的痛苦赋予自身的那些奢华的时刻。

*

迄今为止，想象中的痛苦最为真实，因为我们始终需要这些痛苦，发明它们是因为没有了这些痛苦我们就活不下去。

*

若贤哲的秉性是不为无用之事，则无人睿智过我：我连有用之事都懒得去做。

*

无法想象某种退化的动物，某种亚动物。

*

若能在人类之前出生就好了！

*

无论我如何努力，我都不能忽略那些世纪——在那些世纪里，人们除了忙于完善上帝的定义以外无所事事。

*

若想趋避有缘有故或无缘无故的沮丧，最有效的办法是打开一本词典逐个查单词，最好是我们几乎不懂的语言，且要注意该语言我们终生都用不上……

*

邻恐惧而生，就总能找到表述它的词语；一旦从内部了解了它，就再也找不到一个词了。

*

忧伤没有边界。

*

各类悲伤都过去了，但其背后的源头还在，没有什么东西能操控它。它无懈可击，无法改变。它是我们的宿命。

*

即便在愤怒和悲伤中也要记住，犹如波舒哀[①]所言，大自然是不会同意把"借给我们的那一点点物质"留给我们太久的。

我们藉不断思考"那一点点物质"抵达了平静，真的，抵达了一种不要也罢的平静。

*

悖论不适合葬礼，也不适合婚礼或出生。险恶或怪诞之事所需的是平淡无奇，而恐怖和痛苦只配与陈词滥调凑在一起。

---

① 波舒哀（Jacques-Bénigne Bossuet，1627—1704），法国天主教作家。

*

　　再怎么醒悟，生活都不能完全没有希望。我们总是不知不觉地保留着一个希望，而这个下意识的希望便补偿了一切已被我们拒斥或耗尽的、一望而知的希望。

*

　　人年纪越大，越会把自己的故去说成是一件遥远的、极不可能发生的事。生命俨然成了一种习惯，死亡对它已不再适宜。

*

　　有那么一次，一个完全失明的盲人伸出手来：其僵硬的神态里便有某种东西攫住了你，让你喘不过气来。他把自己的失明传给了你。

*

　　我们只原谅孩子和疯子对我们说真话；其他人若斗胆仿效则迟早会后悔。

*

　　想"幸福"，就须时刻提醒自己已摆脱的不幸。

对记忆而言，这是一种自我救赎的方式，因为记忆通常只保存发生过的不幸，总试图破坏幸福，且屡屡得手。

*

经过一个不眠之夜，路人就像机器人一样。他们失去了呼吸或行走的迹象。每个人似乎都由发条装置操控：没有什么是自发的；机械的微笑，幽灵般的手势。自己本是幽灵，他人还怎么可能是活人呢？

*

不育——带着那么多感觉！没有文字的永恒之诗。

*

纯粹的、无由的疲劳，像礼物或祸害一样的疲劳：通过它，我重新整饬了自己；通过它，我知道自己是"我"。它一旦消失，我就只能是一个无生命的物体。

*

民间传说中，仍富于生命力的一切都源自基督教之前。——我们每个人身上富于生命力的一切同样如此。

*

惮于遭人讥讽者，无论好歹，都不会走得太远，因其才气不足，纵有天赋仍注定平庸。

*

"工作最为紧张之际，请稍停片刻，'审视'一下你的内心"——该建议当然不适宜那些没日没夜"审视"自己内心的人，因而也不必稍停片刻，原因很简单：他们什么工作都不做。

*

不管你是不是信徒，在上帝面前，唯孤独中构想出的东西才会持续。

*

热爱音乐本身已然是一种告白。我们对沉浸其中的陌生人的了解远比我们每天碰到的对音乐无感的人透彻得多。

*

不具深思熟虑的习惯，就无从冥想。

*

人在上帝身后时，缓步前行，慢得连自己都意识不到。一旦不在他人阴影下生活，人就变得匆匆忙忙，并为此伤心难过，愿意抛弃一切，重拾原有的节奏。

*

我们因出生而失去的，与我们因死亡而失去的一样多。一切。

*

餍足——此词一出口，我已然不知其意如何了，它契合我全部的所感所思，契合我全部的所爱所恨，乃至契合餍足本身。

*

我没杀过人，可我干得更漂亮，我杀死了"可能"，且和麦克白[1]一样，我最需要祈祷，并像他一样说不出"阿门"。

---

[1] 麦克白，莎士比亚悲剧中的人物。

第四章

挥出的拳没有一招落在实处，攻击别人却无人注意到，射出的毒箭最后只害了自己！

*

某人，我总竭尽可能地虐待他，可他不记恨我，因为他不想记恨任何人。他宽恕了所有侮辱，忘掉了所有侮辱。真羡慕他！我须经数次人生，用尽可能的转世，方能与之为俦。

*

骑自行车环游法国的那几个月里，我最大的乐趣莫过于在乡村墓地停下，偃卧于两蓬墓冢之间，就这样连续抽上几个小时的烟。我觉得那是我一生中最富活力的时期。

*

如果我们来自某个在葬礼上嚎啕不已大呼小叫的地方，该如何克制自己，如何成为自己的主人？

*

有些清晨，我甫一出门就听到有人喊我的名字。我真的是我吗？喊的是我的名字吗？事实上，是这个名字在此填补了空间，是这个名字挂在了每个路人的口中。每个人都念着这个名字的发音，连在邮局隔壁电话间的那个女人亦是如此。

失眠吞噬掉了我们仅存的常识和谦逊，如果不是害怕丢丑的念头出手相救，它会把我们逼疯。

*

我的好奇，我的厌恶，还有我的恐惧，全都面对着他油腻而冷酷的眼神，面对着他的谄媚和不假掩饰的狡诈，面对着他以奇特方式揭示的虚伪和一贯醒目的伪装，面对着这个无赖和疯子的结合体。全然是光天化日下的欺骗与无耻。他的不真诚在每一个动作、每一句话中都昭然若揭。可这个词用得还是不贴切，因为"不真诚"意味着掩盖真相，意味着对真相心知肚明，可在他身上看不到真相的痕迹，看不到真相的概念，看不到对真相的怀疑，也看不到说谎，什么都没有，除了污秽不堪的贪婪和自私自利的疯狂……

*

午夜时分，街面上一个哭泣的女人迎面走来："他们杀了我丈夫，法国太让人恶心了，幸亏我是布列塔尼人，他们绑架了我的孩子，给我下了六个月的药……"

当时我没意识到她疯了，因为其悲伤如此真切（从某种意义上的确如此），所以我听她自言自语足足半个小时：这能让她好过一点儿。然后我走开了，对自己说，换了我，若碰到第一个人也这样唠唠叨叨，没完没了地抱怨，那我和她就是半斤八两了。

*

一位东欧国家来的老师告诉我，他母亲是一位农妇，得知儿子患有失眠症后倍感震惊。因为她自己睡不着觉时，只须想象一下清风吹拂下无垠的麦浪滚滚，便即刻沉入梦乡。

想象一座城市的景象时不可能达不到同样的效果。一个城里人竟然还要想尽办法才能闭眼睡觉，这也算费解与神奇了。

*

村子尽头养老院里的老人们经常光顾这家小酒馆。他们坐在那儿，手持酒杯，相视无言。其中一个开始讲他自认为很有趣的故事。可是没人听，反正没人笑。他们都是苦熬多年才进了这家养老院的。以前，在乡下，都是用枕头把老人闷死了事。那可是个聪明法子，每家每户都干得很熟练，而且也比现在这个把他们聚拢起来枯坐竟日、用麻木治疗无聊的法子更人性。

*

如果我们相信《圣经》，那么建造第一座城市的正是该隐①，根据波舒哀的说法，该隐建造这座城市是为了能有个地方容他减轻悔愧。

这说法太棒了！有多少次我在午夜闲逛时，都见证了这个说法恰如其分！

*

那天晚上，我正爬楼梯，漆黑中，一股内外一

———————————
① 该隐，亚当和夏娃的长子。据《圣经·旧约·创世记》第4章，上帝偏爱其弟亚伯的供奉，该隐因妒忌而将亚伯杀害，被罚永世流浪。

齐发作的神力把我挡住了。我挪不动步，钉在原地，呆若木鸡。此时，脑海中闪过"不可能"这句口头禅，它给我的启示丝毫不亚于该词本身：这个词语常帮助我，却从未如此彻底。我终于彻悟了该词的精髓⋯⋯

*

我原来有一位女佣，我一问她"你好吗？"她就头也不抬地回答：凑合过呗。这老掉牙的回答简直让我涕泪横流。

有时，此类涉及生成、变化、过程的短语用得越多，就越具有某种启示的意义。可事实是此类短语并未创成某种特殊的氛围，我们不过是下意识地处于这种氛围中罢了，且只须一个迹象或借口就能生成这种特殊的氛围。

*

当时我们住在乡下，我还在上学，更重要的细节是我就睡在父母的房间里。父亲晚上常为母亲读书。虽然他是一名东正教司铎，可他无所不读，可能认为我还年幼，什么都不懂吧。我通常听都没听就睡着了，除非故事引人入胜。有天晚上我就竖起了耳朵。拉斯普京[①]的传记中有这样一个场景：临终前，父亲让人把儿子叫来，对他说："去圣彼得堡吧，去统领那座城市吧，不要退缩，谁都别怕，因为上帝就是一头老种猪。"

对我父亲来说，神职可不是开玩笑的，可从他口中发出的这声巨响，就像一场大火或地震一样让我印象深刻。我还清楚地记得——已经过去五十多年了——我当时有一种奇特的快感，我不敢说那就是变态。

*

多年来，我已经认真钻研过两三种宗教，可每次都在"皈依"的门槛前退避三舍，因为我怕对自己撒谎。依我看，这些宗教中没有一个能自由地宣称复仇是一种需求，是一种至为强烈、至为深刻的需求，每个人都须满足这种需求，哪怕只是口头上的。如果我们扼杀了这种需求，就会让自己面临严重的麻烦。众多失衡——甚至可能是全面失衡——都源于拖延过久的复仇。我们要懂得如何爆发！任何不适都比郁积的愤怒来得健康。

---

① 拉斯普京（Grigori Efimovitch Raspoutine，1869—1916），俄国西伯利亚的一个所谓农民"神医"，神秘主义者，因治好了王子的病而成为沙皇尼古拉二世和皇后亚历山德拉·费奥多罗夫娜的宠臣，行为淫荡，后被保皇派暗杀。

＊

停尸房的哲学。"很明显，我的侄儿未能成功；
如果成功了，就会是另一番局面了。""您知道，夫
人，"我回答那位丰腴的妇人，"成功或不成功，结
果都一样。""您说得对。"她沉思片刻后答道。一位
长舌妇，竟能认可我的想法，着实出人意表，很令
我感动，与我朋友的去世让我感动的程度庶几相当。

＊

那些不能适应社会的人……依我看，他们的冒
险较之其他冒险更能阐明未来，唯有他们能窥知未
来，破译未来，罔顾其成就将永远无从描述未来的
岁月。

＊

"真可惜，"你对我说道，"老N什么都没写
出来。"

"那有什么关系！他还活着呀！如果他出了书或
者他不幸认为自己已'达成'目标，我们早就不可
能在过去这个小时里谈论他了。做人的好处没有写
书的好处那么常见。写书不难；难的是不屑于滥用
天赋。"

拍电影时，我们总是反复拍摄同一场景。有个过路的人——显然是个乡下人——脱口说道："我以后再也不去看电影了。"

无论谁，一旦窥知底细并掌握了秘密，都会有同样的反应。然而，还是有人痴迷于神迹：妇科医生爱上自己的病人，盗墓贼儿孙满堂，绝症患者制订的计划满天飞，连怀疑论者也写出了……

*

老T，拉比的儿子，他抱怨说在那段前所未有的大迫害时期，犹太社区没有采纳任何原始祈祷，也没有在犹太会堂颂唱过。我严肃地告诉他，他不该为此悲伤或不安：重大灾难对文学或宗教绝无半点好处。唯有"半死不活"才有生命力，唯有"半死不活"才可能存在，因为那正是一个起点，而地狱若太过完美，则庶几贫瘠如天堂。

*

当时我二十岁，觉得一切都让我不堪忍受。一天，我瘫倒在沙发上，说："我再也受不了了。"

母亲早被我的失眠症吓懵了，她告诉我说，她刚刚为我能"休憩"做了一次弥撒。我真想大喊一声：不要一次，要三万次！那是查理五世[1]在其遗嘱中为一次非同寻常的"休憩"写下的数字，真的。

*

历经四分之一个世纪以后，我与他又偶然相遇。他没变化，还是老样子，比以往任何时候都更精力充沛，仿佛重返青春。

他把自己藏在哪儿了？他为了逃避岁月的摧残、躲过我们的皱纹和苦相都干了些什么？既然他活着，他又是怎么活下来的？他更像是一个重返人世的回头客。他肯定作弊了，没有按活人的规矩行使职责，没有照规则办事。一个重返人世的回头客？没错，还是个搭便车的。我看不出他脸上有什么沧桑痕迹，没有任何迹象表明他是一个真实的存在，是一个个体而不是一个幽灵。我不知道该跟他说什么，我很尴尬，甚至有点儿害怕。无论谁，只要逃避了岁月或偷窃了时间，都会让我们不知所措。

*

D. C. 在罗马尼亚的故乡写下了自己的童年回忆，

---

① 查理五世（Charles Quint，1500—1558），神圣罗马帝国皇帝，开启了西班牙帝国时代。欧洲人认为他是哈布斯堡王朝争霸时代的主角。

并把这件事告诉了他的邻居，一个名叫科曼的农夫，说自己的回忆录中也写到了他。结果，科曼第二天一大早就来找他，对他说："我知道自己算不上什么，可我仍然认为我还没下贱到要在书里被人家品头论足的地步。"

口语的世界不知要比我们的世界优越多少！众生（应该说"各民族"）只有在惧怕书面文字的情况下才可能永葆真实。一旦被这种偏见愚弄，便会步入虚假，丢弃旧的执迷，去获取新的、比所有执迷加起来还要糟糕的执迷。

*

我爬不起来，便躺在床上，任自己反复无常的记忆神游八荒，我看到幼年的自己在喀尔巴阡山中游荡。一天，我碰到一条狗，它的主人肯定是为了甩掉它而把它拴在树上的。它显然已弱得皮包骨，生命被掏空，只剩下一点儿力气看着我，动弹不得。然而，它却依旧直立，它……

*

来了个陌生人，告诉我他杀了人，杀的是谁我不知道。警方没通缉他，因为没人怀疑到他。只有我知道他是凶手。怎么办？告发他，我没胆量，也不能不守信用（因为他向我吐露了一个秘密，一个天大的秘密!)。我觉得自己是个同谋，只好听凭被捕和受罚。同时我又对自己说，这也太蠢了吧。或许我还是应该告发他。就这样，直到醒来。

优柔寡断者善拖延。生活中他们从无决断，在睡梦中更不消说了，他们永远迟疑、懦弱和顾忌。噩梦对他们最合适。

*

一部关于野生动物的影片：无论在哪个纬度，野生动物都残酷无情。"大自然"，天才的行刑者，满脑子优越感，以为自己的工作了不起——这种惬意不无道理：每一秒钟，所有生命都在颤抖并令其他生命颤抖。怜悯是另类的奢侈，唯有最奸诈、最凶残的生命出于自罚、自虐的需要才发明得出来，但仍是出于凶残。

*

教堂入口处贴着一张《赋格的艺术》的海报，有人用大写字母在海报上涂鸦：上帝死了。上帝真要是死了，那位音乐家也可以证明，我们在聆听那首康塔塔①或赋格曲时他能复活！

---

① 康塔塔（cantate），又译清唱剧，是一种包括独唱、重唱、合唱的声乐套曲，一般包含多个乐章。

*

我们在一起待了一个多小时。他利用这段时间开始卖弄自己，靠不断讲些自己的奇闻轶事达到了目的。如果他只是很有节制地自吹自擂，我早就会觉得无聊，不出几分钟就会走开。可他这种夸大其词和不遗余力的炫耀却触及或足以触及内心。渴望显得敏感并不能损害敏感。智力有缺陷的人如果能感受到那种令人惊讶的渴望，也能成功地做出改变，甚至一下子变得很聪明。

*

某人，其年龄早已超越先祖，在一次长时间的私人交谈中，他先后抨击了好几拨人，然后对我说："我这辈子最大的弱点是从未恨过任何人。"

仇恨不会随岁月的流逝而减少，反而会增强。像他这种老人的仇恨所能达至的程度难以想象：他会对过往的情感麻木不仁，却会把所有的感官用来怨恨，这些怨恨奇迹般地复活，在其记忆甚至理智的崩溃中幸存下来。

……与老年人交往的危险在于，看到他们如此远离超然，如此无望达至超然，我们就会自以为拥有了他们本该拥有却不复拥有的所有优势。这种先入为主的印象，这种对他们的厌烦或嫌恶，无论真实抑或虚构，都难免会导致推断的后果。

*

每个家庭都有自己的哲学。我的一位英年早逝的表兄写信对我说："一切都俨然往昔，如此循环往复，直至万物无存。"

而我母亲在寄给我这封信时加上了一句遗嘱般的话："甭管做什么，早晚都得后悔。"

我不能夸嘴说这种吃后悔药的恶习是从自己的挫折中获得的。它先于我便存在了，它是家族遗产的一部分。多么伟大的一份遗产啊，完全打破了幻觉！

*

离我故乡几公里的高地上，有一个茨冈人①的小村庄。一九一○年，一位业余人种学家在摄影师的陪同下来到这里。他成功地召集起村民。村民们同意拍照，却不知这意味着什么。正当他们要求村民们不要动时，有位老妇人喊道："当心啊！他们在偷

---

① 茨冈人，即罗姆人，又称波希米亚人，原居住于印度北部，自公元10世纪起开始向外迁徙，流浪在西亚、北非、欧洲、美洲等地，多以占卜、歌舞为生。

走我们的灵魂。"话音刚落，所有人都冲向那两个来访者，这俩人费了好大气力才逃之夭夭。

此种情势下，那句话，不正是这些半野蛮的茨冈人的原籍国印度藉他们的嘴巴喊出来的吗？

*

在持续反抗祖先的过程中，我一生都想成为一个不一样的人：西班牙人、俄罗斯人、食人族——谁都行，除了现在的我。希望与自己不同、理论上接受除自己而外的所有条件，是一种反常现象。

*

一天，在读到梵文中表示"绝对"的几乎所有词语时，我意识到我搞错了方向、国家和习语。

*

一位多年杳无音信的女友给我来信，说她剩下的时间不多了，说她准备"进入'未知'"……这句老掉牙的话让我很不高兴。我很难说清一个人藉死亡能进入什么。依我看，信里的所有断言都属妄觉。死亡并非一种状态，甚至可能不是一段过渡。那么，死亡是什么？我该用什么陈词滥调来回复这位女友？

*

同样的话题、同样的事件，一天内我可能会变上十次、二十次、三十次主意。每次我都敢像末世骗子那样说出"真实"一词！

*

那女人依旧很结实，她拖着自己高大、佝偻、眼神迷离的丈夫向前走，仿佛她拖着的是另一个时代的幸存者，一条中风、哀号的梁龙①。

一小时后，又见到一位衣着考究的老妇人"前行"，腰弯得没法再弯。她的身体划出了一道完美的弧形，并顺势俯看着地面，数着她那无法想象有多慢的蹒跚碎步，给人错觉她是在学步，还害怕自己不知如何迈脚、怎样移步。

……任何能让我更抵近佛陀的事都对我有益。

*

虽说她已渐生华发，却仍喜欢在街上拉客。我经常凌晨三点左右在街区附近遇到她，听她讲点儿峥嵘岁月和陈年趣事后再回家。那些陈年趣事和峥

———————
① 梁龙（diplodocus），古生物，恐龙的一种。

嵘岁月我都忘了，唯独忘不了某晚，当我对那些熟睡的"穷鬼"大发雷霆时，她机敏地接过话头，食指朝天："您觉得天堂里那些穷鬼怎么样？"

*

"一切皆被剥夺了基础和实质"，我每次重复这句话时都有一种类似幸福的感觉。问题是，很多时候我无法重复……

第五章

我读他的书，缘于他写的一切都让我有一种遭遇海难的感觉。开始时好像懂了，之后开始兜圈子，随后便卷入了一个平缓的漩涡，却毫无恐惧，心里正念叨着会不会沉下去，就真的沉下去了。可这并不是真的溺水——想得美！回到水面，呼吸，又觉得明白了，并惊讶地发现他似有所言，而且还听懂了，随后又再次兜起了圈子，再度下沉……这一切意在深奥，也似乎确是深奥。可我们一旦警醒就会发现，那不过是玄虚晦涩而已，而真正的深刻与刻意的深刻之间，其差异与启示和心血来潮之间的差异同等巨大。

*

　　无论谁，但凡献身写作，都会在冥冥中坚信

自己的作品能经得起岁月、世纪和时代本身的考验……写作过程中，如果他觉得那作品难葆其生命力，就会在中途放弃，也就无从完成。"行动"与"盲信"这两个术语之间确有关联。

*

"笑声消失了，微笑也随之消失。"

亚历山大·勃洛克[①]的传记作者这句评语看似天真，却为所有堕落提供了最好的注脚。

*

既不是信徒也非无神论者的人是难以探讨上帝的：所有人，包括神学家，再不能二者居其一，这无疑就是我们的悲剧。

*

对作家来说，走向超然和解脱是一场前所未有的劫难。他比任何人都更需要自己的弱点：如果他战胜了自己的弱点，也就迷失了。因此他必须提防自己变好，若真的变好了，他定会追悔莫及。

---

① 亚历山大·勃洛克（Alexandre Blok，1880—1921），俄国诗人，俄国象征派诗歌的代表人物，成名作是《美妇人集》。

我们必须警惕自己对内心的省察。对自身的认知会惹怒和麻痹内心的恶魔。所以我们应该找找苏格拉底何以什么也不写的原因。

*

蹩脚诗人只读诗人就会更蹩脚（犹如蹩脚哲学家只读哲学家一样），若读点儿植物学或地质学的书可能收获更大。人只能藉与自己所学相距甚远的学科来充实自己。当然，这只有在自我能大行其道的领域方成其真。

*

德尔图良^①告诉我们，癫痫病人会"贪婪地吮吸竞技场上被杀罪犯的鲜血"给自己治病。

假设我留心自己的直觉，那或许是我打算包治百病的独门绝技。

*

我们有权对某个把我们当作怪物的人生气吗？

① 德尔图良（Tertullien, 150—230），或译戴都良、特图里安、特土良，基督教主教，早期基督教的神学家和哲学家。

从定义上讲，怪物是与众不同的，而与众不同，即便是恶名昭彰的与众不同，内里也有某种积极的东西，这种选择虽稍显特殊，但不可否认仍是选择。

*

两个敌人，是一体两面的同一个人。

*

"换位思考之前，莫要臧否他人。"这句古老的谚语让我们无法臧否他人，而我们之所以有所臧否，正是因为我们不能设身处地为他人着想。

*

酷爱独立者为维护自我之独立，必不惜身败名裂，必要时甚至甘冒耻辱之风险。

*

再没有比批评家、更不必说我们每个人内心的哲学家更可恶的了；如果我是诗人，我会像迪伦·托马斯 [1] 那样做出反应：只要有人当面评骘其诗，他就马上倒地打滚，并扭动不已。

---

[1] 迪伦·托马斯（Dylan Thomas, 1914—1953），威尔士诗人，20世纪英国诗坛最具影响力的诗人之一。

*

那些令自己躁动不安的人会一个接一个地做出不义之举，并无一丝愧疚。无非是坏脾气罢了。——愧疚则留给那些不为或不能为者。愧疚取代了他们的行为，悔恨慰藉了他们的无能。

*

我们的麻烦大多源于最初的冲动。最不起眼的冲动付出的代价比犯罪还大。

*

我们只记得自己的苦难，所以病人、被迫害的人和各类受害者终将占据最大的优势。其他人，幸运者，当然有其美好的一生，却无生命的回忆。

*

不屑给人留下印象的人都很沉闷无聊。好自诩者也相当不受待见，但他很卖劲，也不惮其烦：因为他虽则无聊，却不想无聊，所以我们应该为此感谢他——我们渐渐会忍耐这样的人，甚至会将他另眼看待。反过来，我们还会转而对那些无视他的努力的人大动肝火。该对他说什么呢？能指望他什么呢？所以，要么保留一丝沐猴之残余，要么索性闭门不出。

*

不是害怕努力，而是害怕成功，这就足以解释我们何以屡屡失败。

*

我想找一篇有伤人词语的祈祷文。不幸的是，想祈祷就得随大流。这是信仰的最大困难之一。

*

只有在不确定能否随心所欲地自杀时，人才会惧怕未来。

*

波舒哀、马勒伯朗士和芬乃伦[1]都没屈尊谈论过《思想录》。对他们来说，帕斯卡[2]显然有失严谨。

---

[1] 马勒伯朗士（Nicolas Malebranche，1638—1715），法国哲学家和神学家，17世纪笛卡尔学派的代表人物。芬乃伦（François de Salignac de la Mothe-Fénelon，1651—1715），法国天主教神学家、诗人和作家。

[2] 帕斯卡（Blaise Pascal，1623—1662），法国数学家、物理学家、哲学家和散文家，数学"帕斯卡定理"和物理学"帕斯卡定律"的发明者，后转向神学研究，1655年起隐居修道院，写下了《思想录》等经典著作。

*

恐惧是无聊的解药。治疗方法须比疢疾更狠。

*

若能把自己提升到理想中的我就好了！可我不知道有一股什么力量随着岁月的推移把我拉了下来。为了能浮上自己的水面，我甚至不得不使用一些想起来就让我脸红的手段。

*

有段时间，每当我蒙受了耻辱，为了远离报复的欲望，我会想象自己安静地躺在自己的坟墓里。心情立刻就平复了。切莫小看我们的尸身，它有时也有用处。

*

每一种思绪都来自受到横加阻挠的感觉。

*

洞察他人的唯一方法是深入自己的内心。换句话说，要与所谓"宽宏大量"的精神逆向而行。

*

但愿我能和那位哈西德派 [1] 拉比说："我一生的幸事是，在我拥有某样东西之前，我从未感到需要它！"

*

允许人类为所欲为，大自然所犯的错误不仅是误判；而且危及自身。

*

恐惧令意识恢复，那是病态的恐惧，而非自然的恐惧。否则动物的意识水平会远高于我们。

*

人类作为猩猩属 [2] 可以说很古老了；可在历史进程中，猩猩属仍相对年轻：它属于新贵，还没时间学会如何在生活中举止得当。

---

[1] 哈西德派，犹太教正统派的三个支派之一，18世纪起源于波兰犹太人。

[2] 猩猩属（orang-outang），也叫人猿、红猩猩、红毛猩猩，灵长目人科的一属。马来语和印尼语叫作"Orang utan"，意思是"森林中的人"。

*

经历了一些事情之后，我们就该为自己改名了，因为我们已不再是原来的自己。从死亡开始，一切都有了另外一面。死亡仿佛离我们很近，很令人期待，我们与之言和，乃至视其为"人之至友"，就像莫扎特给他垂危的父亲信中所言。

*

痛苦须忍耐到底，直至不再相信痛苦。

*

"充满欲念和恚恨者见不到真相。"（佛陀语）
……也就是说，对所有活着的人。

*

孤独吸引他，他却仍留在现实世界：一位没有柱廊的隐士[①]。

*

"你们指望我，那就找错人了。"

---

① 隐士（stylite），特指基督教早期住在神庙废墟、柱廊、门廊甚至柱子顶端并实行最极端之禁欲和苦修的隐士。

谁会这么说话？——上帝与庸人。

*

我们所达成的每一件事、来自我们的每一件事，都渴望忘却其源，但只有藉对抗我们才能成功。所以说，这些事给我们的所有成功都打上了负面的烙印。

*

一切都无话可说。所以不能限制书的数量。

*

失败，即便一败再败，也总像新的失败，而成功，即便屡屡成功，也会诱惑力不再，让人提不起兴趣。这并非不幸，而是幸福——傲慢的幸福，其实，它会将人引向愤懑和讥讽。

*

"敌人和佛陀同样有用。"诚哉斯言。因为敌人窥伺我们，容不得我们自由自在。他们总是藉挑明和泄露我们最不起眼的弱点将我们径直引向救赎，总是想方设法防止我们变得与其形成的关于我们的概念不符。故而我们必须对其感恩戴德。

*

一旦对否定的、毁灭性的书籍及其危害性力量做出反应，我们就能更好地掌控我们的自身和存在。事实上，那是一些能鼓舞士气的书，因为它们能激发否定它们的能量。这些书越有毒，就越有益，前提是我们必须反其道而行之，就像我们读任何一本书时所采取的态度：从反诘开始。

*

能给予一位作家的最大帮助是禁止他某段时间内写作。这种短期暴政不可或缺，它可以暂停一切智识活动。不间断地表达自由会断送才华，令才华过度消耗，无助于感觉和经验的积累。不受限制的自由是对精神的摧残。

*

自怜并不像我们想象的那样毫无意义。一旦稍许有些自怜感，定能摆出一副思考者的姿态，而且就像奇迹出现了一样，我们就真的开始思考了。

*

按照斯多噶学派 ① 的信条，我们必须默默屈服于不依赖我们的事物，但这一理论只考虑了外在的不幸而忽视了我们的意志。对那些来自我们内心的东西该如何应对？如果我们自己便是吾侪的不幸之源，又该怪谁？怪我们自己吗？所幸我们让自己忘却了自己才是真正的罪魁祸首，且只要每天更新这一谎言，更新这一遗忘，生存环境就变得更其宽松。

*

我始终觉得，我的一生始终生活在一个远离自己真正之场域的地方。如果"形而上的流亡"一语没有任何意义，我的存在本身就会赋予其某种意义。

*

一个人天赋越高，灵性的进步就会越小。天赋是内心生活的障碍。

---

① 斯多噶学派，古希腊和罗马帝国时期的哲学流派。该学派的学说以伦理学为重心，秉持泛神物质一元论，强调神、自然与人为一体，"神"是宇宙的灵魂和智能，个体小"我"须依自然而生活，爱人如己，融合于整个大自然。

*

为了不让"盛大"一词落入官样文章，就只能在谈论失眠或异端邪说时再用它。

*

在印度的古典时代，同一人往往贤哲、圣人兼而有之。若打算对此类成功有个概念，不妨想象一下"屈从"兼顾"出神"，冷静的斯多噶主义者兼顾狂乱的神秘主义者，即可。

*

存在可疑。那么，作为存在之偏差和耻辱的"生命"又是什么？

*

有人告知对我们的差评时，与其生气，还不如回想一下自己对别人说过的所有坏话，如果别人也同样说我们的坏话，我们就会明白，其实这很公平。颇具讽刺意味的是，没有比诽谤者自己更脆弱、更敏感、更不愿承认自己有错的人了。只要对其稍有异议，就足以令其情绪失控，雷霆大发，怒不可遏。

*

　　从表象看，各宗族、教派、党派都很和谐；从内部看则多有不睦。比之任何社会，修道院内的冲突同样频繁，同样恶毒。即便逃离这座地狱，也不过是为了在他处重建地狱。

*

　　最谦卑的皈依也会体验到某种提升。所幸仍有例外。
　　我喜欢十八世纪那个出于自我贬抑而归附了基督教的犹太教派，我同样喜欢皈依了基督教的那位南美印第安人，他哀叹自己成了虫豸的猎物，却没有被自己的孩子们吃掉——倘若他并未弃绝其部落的信仰，那本该是他应得的礼遇。

*

　　人不再对单一宗教感兴趣而转向所有宗教乃属很正常之事，因为人只有藉各种宗教才有可能理解精神崩溃的众多版本。

*

　　回顾我们职业生涯的各个阶段，没有遭遇过应得的挫败是一件很让人羞愧的事，我们最有资格期待这些挫败了。

*

对一些人来说，或多或少接近结局的前景颇能激发其能量——无论能量是好是坏——并刺激其疯狂工作。他们天真地以为藉自己的努力或自己的作品便可名垂青史，所以要铆足了劲儿完成它、结束它：分秒必争。

同样的前景也会让其他人陷入"何必？"当中，陷入洞察力的阻滞当中，陷入无可指摘之消沉的真实处境当中。

*

"今后再版我的作品时，若有人故意改变什么，无论是一个句子还是一个单词、一个音节、一个字母或一个标点符号，都该受到诅咒！"

叔本华是作为哲学家还是作为作家说出这番话的？二者皆是，这样的兼顾（我们不妨想想每一部哲学著作的惊人风格）绝无仅有。黑格尔不会如此诅咒。其他一流哲学家——柏拉图除外——也不会。

没有什么比无懈可击且无情的讽刺更令人恼火的了，它让人喘不过气来，更不用说思考了，它不是含蓄的、偶然的，而是大规模的、自动的，与其微妙的本质格格不入。总之，这就是德国人运用讽刺的方式，德国人是对此思考最勤却又最不能驾驭它的生物。

*

焦虑并非受诱导生成，却试图给自己找一个正当的理由，为达此目的不惜一切代价，哪怕是最下作的借口，且一旦发明此类借口后便再不放手。焦虑是先于其具体表达、先于其各种变化的一套现实，它自我诱导，自我生成，它是"无限创造"，此类情况更容易令人联想到神性行为而非心理活动。

*

自动的悲伤：一具哀歌机器人。

*

坟墓前应写上这样几个词："做戏""欺骗""笑话""做梦"。很难想象生存是一个严肃的现象。一开始它就从根底上被认定是某种作弊。墓地的山墙上还应写上这样一句："无所谓什么悲剧。一切俱不真实。"

*

我不会这么快就忘掉他脸上的恐怖表情、他的笑声、他的恐惧、他的极度不安和他的好斗。他不高兴，是的。我从未见过一个躺在棺材里的人还会这么不舒服。

*

别向前看，也别向后看，只看向内心，别害怕，也别后悔。人但凡是往昔或未来的奴隶，就不会屈尊深入自己的内心。

*

指责某人不育很是不雅，尤其当这是他的先决条件，是他的成就方式或他的梦想时……

*

我们曾经入睡的那些夜晚好像从未存在过似的。留在我们记忆中的只有那些没阖过眼的夜晚：夜，意味着不眠之夜。

*

为了不必解决困难，我把现实困难全都变成了理论难题。面对着这个"无解之题"，我终于长舒了一口气……

*

有个学生想知道我怎么看那位《查拉图斯特拉如是说》的作者，我回答他说，我早就不读他了。"为什么？"他问。"因为我觉得他太天真了……"

我对他的冲动乃至热情都持保留态度。他不过是打翻了某些偶像又换上另一批偶像。一个冒牌的反传统主义者，其中有青春期的因素和某种贞洁性，也有我不甚了解的他孤独的一生中固有的天真和质朴。他只是从远处观察过人类。如果他能做到抵近观察，也就无须再构想或鼓吹什么"超人"了；这种荒唐、可笑甚至光怪陆离的嵌合体，这种臆念，它只能出现在那些没有时间成熟的头脑中，只能出现在没有时间洞悉那种漫长平静的、对超脱厌恶的头脑中。

我更喜欢读马可·奥勒留①。在疯狂的抒情和充

---

① 马可·奥勒留（Marc Aurèle，121—180），罗马帝国五贤帝时代的最后一位皇帝，161—180年在位，斯多噶派哲学家，有以希腊文写成的《沉思录》传世。

满听天由命思想的随笔之间，我没有丝毫犹豫便做出了抉择：我从一位疲惫的皇帝那里获得的安慰或希望，远比那位让人眼花缭乱的先知要多。

第六章

我喜欢印度教的这个观念，根据这一观念，我们可以委托他人救赎自己，最好是委托给某位"圣人"，让他为我们祈祷，并为拯救我们而无所不为。这意味着把我们的灵魂出卖给上帝……

＊

　　"如此说来，才华需要激情吗？是的，需要许多压抑的激情。"（儒贝尔①语）
　　每一位道德家皆可被视为弗洛伊德的先驱。

＊

　　我们总是惊讶地发现伟大的神秘主义者曾经研

---

①　儒贝尔（Joseph Joubert，1754—1824），法国伦理学家和随笔作家，有《随思录》传世。

究得如此广泛，发现他们留下了浩如烟海的文论。无疑，他们的目的是颂扬上帝，所求无他。这在部分上是真实的，但只是部分真实而已。

一旦创作出某部作品，我们就不可能不依附它、屈从它。写作是最偷懒的苦修。

*

深夜失眠时，我自己的恶灵造访了我，就像布鲁图斯在腓立比战役前夜遭遇到鬼魂……①

*

"我像是要在这世界上干点儿什么的人吗?"——这就是我想甩给那些问我在干什么的好事者的回答。

*

有人说，一个隐喻"是应该能够描画的"。——过去的一个世纪里，文学中所有原创和生动的作品都与这一观点相矛盾。因为，如果说有什么东西老而无

———————
① 布鲁图斯（Brutus，前85—前42），罗马共和国晚期的政治人物，策划刺杀恺撒的元老院议员之一。腓立比战役，爆发于公元前42年的罗马共和国内战，战场在今马其顿东部的腓立比平原西部，内战的主因是恺撒遇刺案。该战役以安东尼和屋大维获胜、布鲁图斯自杀而结束。据说布鲁图斯自杀是因为他在战役的前夜见到了恺撒的鬼魂。

用，那就是轮廓鲜明和"结构谨严"的隐喻了。可诗歌却始终在与这类隐喻搏斗，以至于一首死气沉沉的诗肯定是一首身受"结构谨严"折磨不已的诗。

*

听天气预报时会因一句"有零星降雨"而顿生感慨。这证明诗歌是在我们内心而不在表达，更因为零星这一形容词的敏感而在我们内心中引发了某种共鸣。

*

一旦我提出疑问，或者更确切地说：一旦我觉得有必要质疑的时候，我就会体验到一种怪异、忐忑的幸福。对我来说，没有一丝信仰的生活远比没有一丝怀疑的生活容易得多。颠覆性的怀疑，滋养人的怀疑！

*

不存在虚假的感觉。

*

回归自我，感知那里的沉默，那沉默和存在同样古老，甚至比存在还要古老。

*

我们只有在混沌的苦恼中才会求死；稍有不适时只会规避死亡。

*

我可以说憎恶人，但我不能以同样轻松的口吻说憎恶人类，因为在 être[1] 一词里毕竟还有更多完整的、神秘的、迷人的意蕴，那是一些有异于"人"之概念的本质。

*

在《法句经》[2] 中，佛说，为获解脱，须摆脱"善恶"的双重锁链。"善"本身便是羁绊之一，可我们因内心愚钝不能接受。因而无从得救。

*

万物环绕痛苦，周行不殆；其余皆为偶然甚或不存在，因为我们只记得给自己带来痛苦之物。唯

---

[1] 法语中，"人类"（l'être humain）一词中的"être"有"生命""存在""本质"等多种意思。
[2] 《法句经》，又译《昙钵偈》，为佛教重要典籍。根据传统，这些都是佛陀在不同场合所说的偈颂，其中大部分与道德有关，后经佛教僧侣编辑而成。

有痛苦的感觉真实，所以也无须再去体验其他感觉。

*

我和那个疯子加尔文①一样，相信人在母腹中便已注定了得救或永罚。所以，我们出生前已然有了自己的生活。

*

彻悟所有观念皆虚者得自由，以此归纳出结论者得开释。

*

习性无缺憾，便无圣洁。此点不仅适用于圣人。一个人只要展示自己，无论以何种方式，都表明其或多或少都具有招惹是非的喜好。

*

我觉得自己自由，但我知道不是。

*

我逐个禁用自己语汇中的词语。屠戮结束，唯

---

① 加尔文（Jean Calvin，1509—1564），法国宗教改革家、神学家，新教的重要派别"改革宗"（又称"归正宗"或"加尔文派"）的创始人。

有一词幸存：孤独。

醒来时我十分快意。

*

我能坚持到现在，是因为我觉得不堪忍受的每一波挫折之后，都会有第二波更可怕的挫折袭来，随后是第三波，依此类推。若是在地狱里，我希望看到上述循环成倍扩大，这样，我就可以指望一次新的、较前更为严酷的历程。这个策略很有效，至少在经受折磨时如此。

*

音乐缘何吸引我们很难说得清；可以肯定的是，它触及的区域如此深邃，疯狂本身也无法穿透。

*

我们本不该再拖着一副皮囊。自我这个负担已然够重了。

*

为重拾对某些事物的胃口，再铸自我的"灵魂"，睡上几个宇宙周期当会求之不得。

*

我一直无法理解那位从拉普兰①回来的朋友，他告诉我说，如果日复一日见不到一个人影就会深感压抑。

*

一个是被视为超然理论家的破坏者，一个是扮演怀疑论者的宗教狂。

*

诺曼底乡村葬礼。我向一位远远眺望送葬队伍的农夫打听死者。"他还很年轻，刚六十岁，有人发现他在地里死了。您还想知道什么？就是这么回事……就是这么回事……就是这么回事……"

结尾的叠句开始时似乎还有点儿喜剧的意思，后来却一直萦绕在耳，挥之不去。这位老兄没有意识到，他言及的死亡方式和别人言及的死亡方式还有别人所知道的死亡都一个样。

---

① 拉普兰，地名，位于北欧斯堪的纳维亚半岛北部，横跨挪威、瑞典、芬兰和俄罗斯科拉半岛，大部分在北极圈内。此地是萨米人（Samis）传统居住的文化区域，号称"欧洲最后一块原始保留区""圣诞老人的故乡"。

*

我喜欢像唠叨鬼那样读书：将自己等同于作者，等同于书。其他任何态度都会让我联想到尸体解剖。

*

一旦有人皈依了某种宗教，先是有人嫉羡，继而怜悯，尔后鄙夷。

*

我们彼此无话可说，只要废话出口，我就觉得大地在太空中沉陷，我也随着大地晕眩地下坠。

*

年复一年从别人懒洋洋的酣睡中醒来；然后再年复一年逃避这种苏醒……

*

当我不得不完成一项出于需要或兴味而承接的任务时，庶几便半途而废，因为一切都看似重要，一切都引人入胜，除了那项任务。

*

想想那些时间已然不多的人吧，他们知道除了思考大限将临的那一刻，其他一切尽皆废止。要为那一刻言说。要为那些斗士而写……

*

我们的软弱侵蚀了自身的存在：由此产生的虚空被意识的存在所填补，该怎么说呢？——该虚空便是意识本身。

*

待在过于美丽的地方会导致道德沦丧。一接触天堂，"自我"便解体了。

那第一个"人"肯定就是为了避免这种危险，才做出了他那众所周知的抉择的。

*

总的来说，肯定多于否定——至少迄今为止如此。所以，让我们毫无愧疚地否定吧。天平上，信念的分量总是更重。

*

一部作品的主旨正是"不可能"——正是那个我们无法抵达且无法给予我们之物：它是所有拒绝我们之物的总和。

*

　　果戈理抱着"重生"的渴望去了拿撒勒①，却像
"在一座俄罗斯火车站"一样深感无聊；的确，当我
们外出寻觅唯存于我们内心之物时，肯定也会有此
类感觉。

*

　　你自杀，因为你就是你自己，而不是因为全人
类朝你啐口水！

*

　　等待我们的虚无和先于我们的虚无若没有什
么区别，为何还要害怕等待我们的虚无？把古人
针对死亡之恐惧的这种论点作为慰藉是不可接受
的。之前，我们有机会不存在；如今，我们已然存
在了，而正是这一丁点儿存在——当然也是不幸的
存在——却害怕消失。这个"一丁点儿"用词不确，
因为我们每个人都更偏重自己而非宇宙，或者好歹
认为自己等于宇宙。

----

① 拿撒勒，地名，基督教圣城之一，在今以色列北部。传说该城是
约瑟和圣母马利亚的家乡，耶稣在此度过了他的青少年时代。果戈理
（Nikolai Vasilievich Gogol-Yanovski，1809—1852）晚年沉迷于东正
教，曾于 1848 年前往耶路撒冷朝圣。

*

当察觉到一切都不真实时，我们自己就变得不真实了，成了行尸走肉，而无论我们多么具有活力，本能又是多么迫切。但这些都不过是虚假的本能和虚假的活力。

*

你若是想让自己苦恼，没人拦得住你：一件琐事便足以让你悲伤无涯。你就听任自己在任何场合都这么消沉吧：你命该如此。

*

活着，意味着退却。

*

想想吧，竟然有那么多人成功地死去了！

*

那些人给我们写了这么多令人心碎的信，我们没理由不怨恨他们。

*

印度某个偏远的土邦，过去此地的人们用梦诠释一切，更重要的是，他们用梦的暗示疗疾。生意往来和生死大事也都遵从梦的指引。直到英国人到来。"自从他们来到这里，"一个原住民说，"我们的梦就没了。"

所谓的"文明"中，不可否认地存在着某种"恶"的法则，人类意识到这一点时已经来不及补救了。

*

只有清醒的头脑而无矫正抱负的手段，只会导致停滞。双方须相互依存、相互对抗，却又不致全胜或全败，这样的一种事业、一种生活才是可能的。

*

我们无法原谅那些曾被我们捧上天的人，我们迫不及待地要与之决裂，斩断现存的那条至为微妙的链条：仰慕之链……这并非出于傲慢，而是渴望重新定位自我，获得自由，成为自己。而这，只能通过不公正的行为方能实现。

*

谈到责任问题，只有在我们出生前征询过我们的意见并在我们同意成为那个确切的自己的前提下，才有意义。

*

"我厌倦生命"（Taedium vitae），这种厌世观的能量和毒性始终深深困扰着我。这一病态如此衰朽，却仍咄咄逼人！因这一悖论，我最终无法选择自己的大限时刻。

*

简单说来，就我们的行为、活力而言，号称拥有清醒与清醒本身同样致命。

*

孩子们反叛的肯定是自己的父母，而父母们对此却束手无策，因为他们受制于某种支配众生关系的通用法则，即每个人都会孕育出自己的敌人。

*

我们被煞费苦心地教导如何固守一些原则，结果想摆脱时却无计可施。如果死亡不来帮忙，我们对生命的执著本该让我们找到一种生存方式来抵御销蚀，超越衰老。

*

如果我们承认出生这件事是有害的或至少是不

合时宜的，那么一切都可以得到完美的诠释；但如果我们的观点不同，则必须让自己接受难以理解的事物，否则只能像其他人那样自欺欺人。

*

公元二世纪的一部诺斯替教派[①]的书中写道："哀伤者的祈祷永远无力上达天庭。"

……鉴于人只有在沮丧时才去祈祷，所以我们推断没有任何祈祷能抵达目的地。

*

他卓尔不群，并与之浑然无涉：他只是忘了渴望……

*

古时的中国，妇女愤怒或悲伤时都会登上专为她们在街衢设立的小高台，在那里尽情释放愤懑或悲伤。应该恢复这类告解台，并将其推广到世界各地，哪怕只是为了取代教堂里那种老套的告解方式

---

① 诺斯替教派，又译"灵智派"或"神知派"，是罗马帝国时期在地中海东部沿岸各地流行的诸多神秘主义教派的统称，其前身是公元2世纪至3世纪的基督教异端派别诺斯替教。"诺斯替"一词在希腊语中意为"真知"，即神秘的超自然的知识或智慧。诺斯替信徒认为，通过这种知识或智慧就可以了解宇宙，把人从物质世界中拯救出来，使其脱离无知及现世。

或医治无效、无力回天时的忏悔。

*

这位哲学家举止欠妥，或用行话来说，是缺乏"内涵"。他太做作了，既不生动也不"实在"。活像个邪恶的玩偶。我知道我再也不会读他的书了，真是高兴！

*

没有人嚷嚷说他身体不错，自由自在，但人人都明白这一份双重福泽能带来什么。我们没有能力大声呼喊我们的好运，活该我们被迫处于悲惨的境地。

*

钟情"气馁"而始终碌碌无为！

*

拯救孤独的唯一办法是伤害每个人，从我们爱的人开始。

*

一本书是一次延迟的自杀。

*

　　这么说吧，大自然发现最能满足所有人的东西就是死亡。死亡对我们每个人都意味着一切消逝，一切永终。多大的优势，多潇洒的滥用！我们不费吹灰之力便占有了宇宙，把它拖进了我们的消殒。可见，死亡不够厚道……

第七章

如果磨难未令你们亢奋、愉悦并充满活力，反而让你们沮丧，让你们痛苦，那你们就该明白，自己并未拥有属灵圣召。

*

对生活报以期待，寄希望于未来或未来的幻象：我们对此太过习以为常，以至于只需在永恒中期待便可构想出不朽的观念。

*

每段友谊都是一场无形的悲剧，是一系列细微的创伤。

*

卢卡斯·福特纳格尔的《死去的路德》①。一头
崇高的猪及其可怕、嚣张、平民化的面具……这幅
画绝妙地展现了此人的特点，让我们赞不绝口，因
为他曾宣称："梦想是骗子；如果你在它的床上便溺
了，那倒是真的。"

*

活得越久，越不中用。

*

二十岁时的那些夜晚，我额头紧抵窗子，数小
时、数小时地凝望黑暗……

*

没有哪个独裁者的威权能与一位打算自杀的可
怜虫所享有的权力相提并论。

---

① 卢卡斯·福特纳格尔（Lucas Fortnagel，1505—1546），德国画
家，油画《死去的路德》的作者。路德，或指马丁·路德（Martin
Luther，1483—1546），德国宗教改革家，16 世纪欧洲宗教改革运动
的发起人和基督教新教的创立者。

*

　　训练自己不留痕迹，是一场每时每刻针对自己的战斗，目的只有一个：证明如果选择持之以恒是能够成为贤哲的……

*

　　存在与其对立面一样，其状态难以想象，怎么说呢？是更难以想象。

*

　　古典时代，"书"太金贵了，除非是国王、僭主或……亚里士多德——首个拥有名副其实的图书馆的人——否则藏书不易。

　　这位哲学家的档案中又多了一项指控，他的倒霉事已经不少了。

*

　　我若遵从内心深处的信念，就会停止展示自我，也不会再以任何方式做出反应。但我仍然能够感知……

*

　　一个恶魔，无论再怎么可怕，也会在暗中吸引我们、追逐我们、困扰我们。他代表并放大了我们的优势和苦难，他代我们出头，他是我们的旗手。

*

几个世纪以来，人类始终在努力获得信仰，从教条到教条，从幻觉到幻觉，鲜少花时间去怀疑，那是盲目纪元之间的短暂间隔。说实话，那些间隔还算不上怀疑，只是暂时的停顿，是紧随信仰——无论什么信仰——之后出现的疲劳，是一些喘息的时刻。

*

无知的作为，完美的状态，或许是唯一的状态，而享有者却想弃它而去，着实令人费解。然而，有史以来，迄今为止，皆是如此，且始终如此。

*

我拉上窗帘，期待着。事实上我无所期待，只是让自己缺席。不过几分钟的洗濯，我便从玷污和困扰我心灵的杂质中洁净而出，并达至某种觉知，"我"逸出觉知，平静如休憩于宇宙之外。

*

在一种中世纪的驱魔仪式上，肉身上每个须驱离恶魔的部位，甚至是最小的部位，都被一一列举出来，俨然一篇疯狂的解剖学论文在以其过度的精确、各种意外的丰富细节来博人眼球。一丝不苟的咒语。从指甲里滚出来！虽说荒谬，却并非不具诗意效果。因为真正的诗与"诗学"从无共通之处。

*

在我们所有的梦里，即便上溯至大洪水年代，也总会有些头一天碰到的小小意外在梦中重现，哪怕不到一秒钟。多年来，我一直在不断观察这一规律，它是我在那些令人难以置信的混沌黑夜里观察到的唯一不变的规律，是唯一的规律或者说是类似于规律的表象。

*

交谈具有破坏力。故而我们理解了为什么沉思和行动亟须沉默。

*

任何情况下，无论是有利的还是不利的，我都确信自己只是一场意外，虽然它让我免遭"自己是必不可少的"那种盲信的诱惑，却并未根治我对那些失去的幻象所固有的虚荣。

*

很少能遇到一颗自由的灵魂，一旦与这样的灵魂相遇，我们自会意识到其最好的一面并非表现在作品里，而是体现在私密的话语中（写作时，我们总会身缠神秘的锁链），那些私密话语摆脱了信念或做作，不再顾及严谨或名声，从而展现出其软弱的一面。此时的他更像是一个异端。

*

如果说异乡人在语言方面没有什么独创性，那是因为他想和土生土长的本地人一般无二：无论他做到与否，这种抱负都是他的损失。

*

我一遍又一遍地写一封信，可依旧毫无进展，停滞不前：说些什么？怎么说？我甚至记不得这封信要写给谁。只有激情或礼仪才能让我们即刻找到应有的基调。不幸的是，无动于衷意味着对语言的冷漠，意味着对语言的不敏感。而正是在与词语渐行渐远的过程中，我们与人类也渐行渐远。

*

每个人在某个特定时刻都曾有过一段非凡的经

历，对他来说，这段经历深藏于其记忆中，成为他内心蜕变的主要障碍。

*

野心入睡了，我才懂得平静。野心一旦醒来，我会再次不安。生命中充斥野心。掘洞的鼹鼠心比天高。野心的确无处不在，甚至死者脸上也能看到野心的痕迹。

*

为吠檀多派[①]或佛教而前往印度，与为詹森主义[②]而奔赴法国异曲同工。且詹森主义离我们较近，其式微也才不过三个世纪。

*

除却我对不真实的感觉，任何地方都毫无真实的迹象。

---

① 吠檀多派，印度正统婆罗门教的六个宗派之一，也是影响最大的一派，其主要经典是《吠檀多经》《奥义书》和《薄伽梵歌》。
② 詹森主义，17世纪天主教詹森派教会的神学主张，由荷兰天主教神学家詹森（Cornelius Otto Jansen，1585—1638）创立，其学说强调原罪、人类的全然败坏、恩典的必要和宿命论，倡导遵从"恩宠论"学说，认为得救只能靠上帝恩宠，主张虔诚地遵守教会法规，反对耶稣会的"道德论"学说，并认为教会的最高权力属于公议会而不属于教廷，因此被历代教宗所排斥，18世纪时逐渐衰落。

*

如果我们不再将重要性赋予那些不重要的事，那么生存本身便是一件很不切实际的事。

*

为何《薄伽梵歌》把"弃绝业果"置于如此重要的位置？

因为这种"弃绝"是罕见的、无法实现的，有违我们的本性；"弃绝"意味着毁灭曩昔和当下之我，意味着杀死自己身上的所有过往和千年功业，一句话，"弃绝"意味着让自己摆脱"这个物种"，摆脱这个丑恶而古老的败类。

*

我们应忍受幼虫的状态，放弃进化，保持未果，享受大自然的休憩，以一种胚胎般的恍惚状态平静地耗尽自己。

*

真实存在于个体悲剧中。如果我果真受苦，则我的苦多于一个个体，我超越了自我的领域而融入他人的本质。通往普世概念的唯一途径是只关注与自身相关的事物。

*

当我们执著于怀疑时，思考它比实践它更令人满足。

*

想了解一个国家，须常与其二流作家打交道，唯有这批人最能反映该国本色。而其他人则或谴责或美化其同胞的无足轻重：他们既不能也不愿与其同胞处于同一层面。所以这些人只是些可疑的证人。

*

年轻时，我常常几个星期无法阖眼入睡。我生活在从未生活过的地方，觉得所有时间、所有时刻都凝聚和集结我身，在那儿抵达顶点，在那儿高唱凯旋。当然，是我在助其前行，我是其推动者和载体，是其原因和本质，是作为代理人和帮凶参与了它的神化。一旦失眠，"闻所未闻"就变成了"习以为常"，往往毫无准备就掉了进去，在那儿安营扎寨，在那儿沉溺。

*

我会花费大量时间去思考一切存在之物、一切发生之事的"意义"……但谨严的头脑都明白，这个"一切"并无意义。所以他们才会把时间和精力花在更有用的事情上。

*

我对俄罗斯拜伦主义的喜爱：从毕巧林到斯塔夫罗金①；从我的厌倦到我对厌倦的激情。

*

我对某人素无好感，他当时在讲一个很傻的故事，以致我受惊而醒。在我们的梦中，那些我们素无好感的人鲜少能有什么出色之举。

*

老人们无所事事，似乎就想去解决一些非常棘手的问题且不遗余力。或许这就是他们为什么没有

---

① 毕巧林，俄国作家莱蒙托夫（Mikhaïl Lermontov，1814—1841）的长篇小说《当代英雄》中的人物。斯塔夫罗金，俄国作家陀思妥耶夫斯基（Fiodor Dostoïevski，1821—1881）的长篇小说《群魔》中的人物。

大规模自杀的原因，如果他们不那么专注，那倒应该是一条应然之路。

*

能让两个人发生密切关系的，并非最炽烈的爱，而是诽谤。诽谤者和被诽谤者构成了一个不可分割的、"超然的"统一体，他们永远焊得牢牢的。没有什么能将它们分开。一个人施害时，另一个人忍受，他之所以忍受，因为他已习惯了诽谤，他离不开诽谤，甚至渴望诽谤。他知道自己的愿望必将得到满足，知道诽谤者永远忘不了他，无论发生了什么，他都永远会在其乐此不疲的恩人脑海中扎根。

*

迄今的最高成就，乃是做个游方僧。做此事无所失! 这当是每个头脑清醒者的梦想。

*

抽噎着否认——唯一可以容忍的否认形式。

*

幸运的约伯，他没有义务评论你的哀恸!

*

深夜。我想发火，想暴怒，想以出格的方式发作，但我不知道该对谁、该对什么事……

*

圣西门①注意到，德·赫迪库尔夫人②一生中但凡说过某人的好话，必加上"某些摧毁性的但是"。

很精彩的定义，因为它不是背后中伤，而是一般的聊天。

*

有生命，就会有噪声。——对矿物界来说，这真是绝佳的辩护词！

*

巴赫爱争论，好打官司，斤斤计较，渴望头衔和荣誉，等等。好吧！那又如何？有一位音乐学家罗列了所有主题为死亡的清唱剧后评论道，没有一个人曾对死亡倾注过如此多的怀旧情绪。这才是最

---

① 圣西门（Henri de Saint-Simon，1760—1825），法国哲学家、经济学家、空想社会主义者。
② 德·赫迪库尔夫人（Mme d'Heudicourt，1641—1709），闺名波娜·德·蓬斯（Bonne de Pons），法王路易十四时代的宫廷女官、路易十四的情妇之一。

重要的。其余的都写在传记里了。

＊

不幸的是，只能通过反思和努力才能进入中立状态。傻瓜能立竿见影做到的事，却需我们夜以继日努力奋斗方能获得，且只能断断续续地获得！

＊

我始终生活在无数瞬间向我袭来的幻觉当中。时间将成为我的邓斯纳恩①森林。

＊

那些没教养的人提出的痛苦或伤人的问题让我们恼火，令我们不安，对我们的影响可能具有某些东方禅定法术的相同效果。可谁又能知晓某种笨拙、冒犯的愚蠢不会激发醒悟？它当然值得被称为当头棒喝。

＊

认知是不可能的，即便可能也解决不了任何问题。此即怀疑主义者的立场。他想要什么？他在寻

---

① 邓斯纳恩（Dunsinane），苏格兰东部丘陵名，海拔308米，山顶有古城堡遗迹，相传为莎士比亚悲剧《麦克白》中的城堡。

觅什么？他和任何人都不会知道。

怀疑是对绝境的痴迷。

*

我被他人围困并试图摆脱之，但老实说，效果不佳。尽管如此，我仍日复一日设法花几秒钟觑见那个我曾想成为的人。

*

到了一定年龄，我们就该换个名字，躲进一个隐秘的角落，在那儿，我们谁都不认识；在那儿，不用害怕再遇到朋友或敌人；在那儿，我们将像一位过度劳累的罪人一样过上平静的生活。

*

人做不到既要思考又保持谦逊。思想一旦发动，就取代了上帝和其他一切。它鲁莽、冒进、亵渎。它不"劳作"，它拆台。其行为的张力揭示出粗暴、无情的特性。如果没有足量的强悍，我们就无法将某种思想贯彻到底。

*

大多数破坏者、幻想家和拯救者要么患有癫痫，要么消化不良。对癫痫的后果大家抱有共识；对胃病的看法则众说纷纭。然而，难以忘却的消化过程更能造成破坏。

*

我的使命就是为所有那些不知道自己受难的人受难。我必须为他们付出代价，为他们的无意识而赎罪，为他们有幸不知道自己多么不开心而赎罪。

*

"时间"每每折磨我时，我都告诉自己说，我们中的一个必须让步，这种残酷的对峙再不能这样无限期地持续下去了……

*

我们极度沮丧时，所有东西便都去滋养它，给它开小灶，把它提升至一个我们难以追随的高度，因此它变得太大、太不成比例：此时，如果我们不再把它视作自己的沮丧，那也不足为怪。

*

预言中的不幸最终来临时，将远比我们并未期待过的不幸十倍百倍地不堪忍受。因为在惴惴不安中，我们已先行经历了这种不幸，而当它最终来临时，旧痛新痛叠加，共同构成了让我们无法承受的重压。

*

上帝是一个解决方案，我们永远也不可能找到这样一个皆大欢喜的解决方案了——很有道理。

*

我只能由衷地敬佩那些名声不佳却十分幸福的人。我会对自己说，这种人根本不在乎同胞说什么，只考虑自身能否获得幸福与慰藉。

*

法萨卢斯战役 [1] 后，渡过卢比孔河的那个人 [2] 宽恕了太多人。这种宽宏大量似乎冒犯了那些背叛他的朋友，不记他们的仇也像是在羞辱他们。他们觉

①　法萨卢斯战役是公元前48年罗马内战中以恺撒为首的平民派军队和以庞培为首的贵族共和派军队之间的一场决定性战役。恺撒此役获胜，成为罗马共和国的实际最高统治者，罗马开始由共和向帝国转变，而庞培则败逃埃及，继而被杀。
②　"渡过卢比孔河的那个人"，指恺撒。卢比孔河长29公里，发源于亚平宁山脉，在里米尼以北注入亚得里亚海。"渡过卢比孔河"是一个成语，意思相当于"破釜沉舟"，源自公元前49年1月11日恺撒破除"将领不得带兵渡过卢比孔河"的禁忌，带兵进军罗马与庞培展开内战并最终获胜的典故。

得自己被贬低了，被嘲笑了，并为他的仁慈或轻蔑而惩罚了他：就是因为他拒绝向怨恨让步！如果他表现得像个僭主，他们或许还会放他一马。但他们不能原谅他，因为他没有放低身段让他们感受到足够的恐惧。

*

存在的一切迟早会导致噩梦。所以我们该试着发明一些比存在更好的东西。

*

哲学以破坏信仰为己任，它看到基督教正在传播并胜利在即时，便与异教沆瀣一气了，在它看来，似乎异教的迷信比胜利的癫狂更可取。哲学藉攻讦和摧毁诸神，自以为解放了一众灵魂，而事实上却将其置于新的奴役之下，这种新的奴役比旧的奴役更糟糕，因为那位即将取代诸神的神有一个致命的弱点：不宽容，也不识嘲讽。

有人可能反驳说，哲学不该为这位神的出现担责，此神非其所荐。的确如此，但哲学也应该明白，既然颠覆众神，就难辞其咎，不仅其他神祇会取而代之，它自己从这一改变中也无利可图。

*

　　狂热意味着沟通之死。我们不会和一位殉道的候选者聊天。对某个只要不接受其观点便拒绝沟通且死不让步的人，我们还能说些什么呢？还是给我们一些业余人士和诡辩家吧，他们至少会赞同所有理由……

*

　　把对某人及其所作所为的看法告知此人，是滥用优越感的行为。坦诚与细腻的情感无法兼顾，甚至无法满足伦理的苛求。

*

　　所有人中，我们的亲人最乐于质疑我们的长处。这条规则普遍适用，佛陀本人也概莫能外：他的一位堂兄①就对他最凶，此外便只有"魔罗"那个孽障了。

*

　　对焦虑者而言，成功与失败全无二致。其对二

---

　　① "堂兄"，指提婆达多。佛陀为僧时，提婆达多嫉妒佛陀的成就，想尽一切办法破坏佛陀的修行并多次伤害佛陀。但这一切磨砺了佛陀的意志和毅力，使他的功德更形完美，最终修行圆满。

者反应相同。这二者同样也困扰他。

*

当我为不工作而过于不安时，便告诉自己说，还不如死掉算了，那样就更不用工作了……

*

与其被捧得很高，莫若置身沟渠。

*

这样一种永恒的潜在状态，其好处依我看不胜枚举，所以，当我开始列举这些好处时，简直无法相信确曾存在过通往"存在"的大道。

*

存在 = 痛苦。依我看，这一等式显而易见。可它不适合某位朋友。该怎么说服他呢？我无法把自己的感受借给他，可只有这些感受才对他有说服力，并带给他索要已久的额外的苦恼。

*

我们之所以把一切看得漆黑一团，是因为我们总在暗中考量它们，是因为我们的思想通常都是不眠之夜的果实。这些思想无法适应生命，因为它们没有生命的视角，甚至脑海中也从未考虑过它们可能招致的后果。我们身处人类的所有算计之外，身处所有救赎或毁灭、存在或非存在的观念之外，置身于一种殊绝的沉默当中，即虚空的臻极形态。

*

尚未领悟出生之耻。

*

在对话中消耗自我，一如癫痫病人在病痛中自我消耗。

*

想象自己的葬礼更能克服焦虑或久躁不安。这种有效的方法人皆适用。为了避免在大白天频繁求助此法，最好一醒来便体验之。或者只用在特殊的时刻，就像教宗英诺森九世①订购的那幅肖像，画的是临终前的自己，每逢须做重大决定的时刻便会瞥上一眼。

---

① 教宗英诺森九世（le pape Innocent IX，1519—1591），意大利人，1591 年 10 月 29 日至 12 月 30 日在位。

*

没有否认者会不渴盼某些灾难性的"是"。

*

可以肯定的是，人再也无法达到若干世纪前与自己的上帝私下交谈时所能达至的深度。

*

我无时无刻不在宇宙之外！

……我刚为自己、为自己的窘况感到难过，就意识到我用来描述自己之不幸的那些词语正是定义了那"至上之存在"的首个特征时使用的术语。

*

亚里士多德，托马斯·阿奎那①，黑格尔——三位心灵奴役者。专制主义最糟糕的形式便是体系，无论在哲学还是在一切事物中。

*

上帝就是比那个什么都不值得思考的证据活得

---

① 托马斯·阿奎那（Thomas d'Aquin，约 1225—1274），欧洲中世纪经院派哲学家和神学家，自然神学最早的倡导者之一，有《神学大全》传世。

更久的东西。

*

年轻时最乐于为自己树敌。如今但凡有个敌手，第一个念头就是与之言和，省得再操心。树敌责任重大。我的负担已然够多，再也负担不起他人的重负。

*

欢乐是一束自我吞噬的不竭之光；那正是初升时的太阳。

*

克洛岱尔[①]去世前几天还指出，我们不应该说上帝是"无限"的，而应该说他是"不竭"的。好像那不是一回事，或者说几乎不是一回事！然而，即便他知道自己与生命的"租约"即将到期，却依旧保持着对"精确"的关注，保持着对语言的一丝不苟，这就远比某一"崇高"的词语或举止更令人动容。

*

不寻常并非某种标准。帕格尼尼比巴赫更令人

---

① 克洛岱尔（Paul Claudel，1868—1955），法国诗人、剧作家、评论家和外交家，法兰西学士院院士。

惊叹，也更难以揣摩。

*

应该每天重复这句话：我是数十亿个在地球表面徘徊的人之一，是其中一员，仅此而已。这种陈词滥调可以让任何结论、任何举止或任何行为正当化：放荡、贞洁、自杀、工作、犯罪、懒惰或背叛。

……所以说，每个人做其所做之事都是合理的。

*

"津祖姆"（Tzintzoum）。这个搞笑的词代表了喀巴拉①的一个主要概念。为了能让世界存在，作为一切和全知全能的上帝同意自我割舍，留下了一片他并不居住的虚空空间：世界就在这个"洞"中就位了。

于是，我们占据了上帝出于悲悯或任性而赐给我们的这片荒原。为了成就我们，他自我割舍，限制了自己的绝对权力。我们成了他自愿割舍、消失和部分缺席的产物。他为了我们，在一己癫狂中自

---

① 喀巴拉（la Kabbale），希伯来文音译，意为"接受传授之教义"，表示接受根据传说传递下来的重要知识。13世纪以后泛指一切犹太教神秘主义体系及其派别与传统。

我截肢。但愿他当时还有常识和兴趣维系自身的
完整！

＊

在《埃及人福音》[①]中，耶稣宣称"只要女人还
在生育，男人就将成为死亡的受害者"。他进而明
言："我来，便是要毁灭女人的事业。"

当我们频频谈论诺斯替教派的极端真理时，总
希望若有可能就走得更远，谈论某些从未谈过的、
震惊历史或击碎历史的事情，谈论某些与宇宙的残
暴、物质尺度的疯狂有关的事情。

＊

表达某种执念，就是将其投射到自身之外，赶
走它，祛除它。执念是无信仰之世界的恶魔。

＊

人接受死亡，却不接受死亡的时刻。随时可死，
但不得不死除外！

[①] 《埃及人福音》，福音外传之一，著者不详。1946 年在埃及钦挪
普津城（Chenoboskion）发现。据考证曾为公元 2 世纪时埃及基督徒
所传诵。《埃及人福音》与《四福音书》（《马太福音》《马可福音》《路
加福音》《约翰福音》）的内容歧义颇多，如称女人应拒斥婚姻、耶稣
再来时信徒将变成灵体、"赤身而不觉羞耻"，等等。

*

一进入公墓，某种全然嘲讽的感觉便令所有形而上的担忧销声匿迹。那些到处探访"神秘"的人未必能追根究底。大多数时候，"神秘"就像"绝对"一样，无非在应和心灵的某次悸动。这个词只能在无从选择且真正绝望的情况下才可使用。

*

如果要我回顾一下我那些尚未实施的计划和已实施完毕的计划，我完全有理由为后者没有遭逢前者的运气而遗憾。

*

"凡有情欲者皆富同情心和怜悯心；而一心向往纯贞者却远非如此。"（圣约翰·克里马库斯[①]语）

该宣示如此清晰，如此有力，它揭发的并非谎言，而是基督教道德甚至是所有道德的本质，此种宣示恰恰需要一位圣人，不多也不少。

---

① 圣约翰·克里马库斯（Saint Jean Climaque），又称"西奈山的约翰"，公元6世纪至7世纪在西奈山修行的一位叙利亚修士，后曾任修道院院长。

我们毫不畏惧地接受了永眠的观念，而永恒的苏醒（若可以想象的话，永生大抵如此）则让我们陷入恐惧。

无意识意味着故土；而意识意味着流亡。

*

任何深刻的印象都是放荡或悲哀使然，或二者兼而有之。

*

莫有如我者坚信一切皆属徒劳，也无人对如斯琐事赋予如此悲怆的色彩。

*

伊希①，美洲印第安人，其部落的最后一人，因

---

① 伊希（Ishi，1860 或 1862—1916），北美印第安人，属于亚纳斯部落（Yanas），被称为"最后的亚纳斯人"。其部落原在加利福尼亚西部，靠游猎为生，后白人来到他们的栖息地淘金并袭击了他们，伊希的部落被毁灭，族人也被屠戮殆尽，只剩下他一个人藏在森林中残喘苟活。1911 年，由于森林突发大火，他不得已结束了流浪生活，走出荒野，来到城市，并受到友好接待。1916 年去世。后美国人类学家西奥多拉·克洛柏（Theodora Kroeber，1897—1979）出版了他的传记《两世界里的伊希》。

害怕"白人"而隐匿多年，后陷入困境，某日自愿向其部落的灭绝者投降。他以为自己会受到同样对待。可人们热烈地欢迎了他。他没有子嗣，的确是最后一人。

人类，一旦被毁灭或灭绝，我们可以想象，某个幸存者，唯一的幸存者，在地球上漂泊，甚至没有人可以接受他的投降……

*

内心深处，人渴望回归意识之前的状态。历史只是他抵达这一目标所绕的弯路。

*

学会失败：唯此为大。

*

每种异象都是另一种重大异象的缩小版：时间，是"永恒"的瑕疵；历史，是"时间"的瑕疵；同样，生命是"物质"的瑕疵。

那么，还有什么是正常的？还有什么是健全的？"永恒"吗？它本身不过是上帝的某种残疾而已。

第八章

一个世界，若不具"无为"（raté）观念，任何政体都会出现不公正现象，甚至连意志缺失症患者都会被套上紧身衣。

*

毁灭动人心魄，它迎合了我们内心中黑暗和原始之物。我们能猜度某位神祇惬意于毁灭而非创设的私衷。毁灭的诱惑及其在各朝各代的疯子心中引发的幻觉皆由此而来。

*

每一代人都生活在绝对中：其行为俨然已抵达历史的顶峰，要么就是历史的终点。

*

任何一个民族，在其历史进程中的某一时刻，都以为自己成了上帝的选民。这也正是展现其绝佳一面和最坏一面的时刻。

*

特拉普修道院 [1] 出现在法国而非意大利或西班牙绝非巧合。众所周知，西班牙人和意大利人口若悬河，但他们都不注意自己在说些什么，而法国人虽然也自诩雄辩，但绝不会忘记自己正在说话，他们非常清楚这一点。唯有法国人能将沉默视作考验和苦行。

*

法国大革命最让我扫兴的是一切都发生在舞台之上，其推手皆为天生的戏子，断头台也无非是个布景。法兰西的历史，整体上有如一部定制的历史，一部上演的历史：从戏剧角度看，它尽善尽

---

[1]　特拉普修道院在法国西北部奥恩省，建于 11 世纪，属于天主教隐修会熙笃会，至今仍在运行。熙笃会遵从圣本笃会规，会众平时禁止交谈，故俗称"哑巴会"。该会主张严肃生活，注重个人清贫，终身茹素，每日凌晨即起身祈祷，其白色会服套在黑色法衣内，故亦称"白衣修士"。

美。但只是一场演出，是一系列只宜观赏不可体验的行动和事件，是一场长达十个世纪的大戏。故而远远望去，即便是"恐怖时期"①也予人以虚浮的印象。

*

繁荣的社会远比其他社会脆弱得多，因为这种社会剩下的唯有坐以待毙：一旦拥有了安逸，这安逸便不再是一种理想；若此种安逸延续数代，理想更是无从谈起。更不消说大自然并未将这一福祉放进自己的筹划，而且也不知道如何在不毁灭的前提下创造福祉。

*

如果各个民族都保持冷静，就不会有冲突，不会有战争，也不会有帝国。但不幸的是，还有年轻民众，说白了，就是年轻人——他们是博爱主义者实现梦想即确保所有人都能达到同等程度的厌倦或慵懒的主要障碍……

---

① 恐怖时期，指法国大革命时期自 1793 年 9 月 5 日至 1794 年 7 月 28 日雅各宾派实行专政统治的时期。

*

无论发生了什么，我们都应该站在被压迫者一边，即便他们有错，也不要忘了：捏出他们的泥土与压迫他们的人是同样的泥土。

*

垂死的政权，无疑会本能地放任信仰和教理胡乱混合，同时给人一种错觉，以为可以无限期推迟选择的时间……

革命前的时期，其魅力的源头即在于此，且只能在于此。

*

唯有虚假的价值方能大行其道，因为任谁都可以吸纳并变造之（属于二级造假）。成功的观念必是个伪想法。

*

各种革命，皆为劣等文学的升华。

*

公共灾难的恼人处，在于谁都自以为能说三

道四。

*

构建理想"城邦"的当务之急，是有权镇压所有烦扰我们的人。

*

年轻人唯一该受的教诲，就是生活中没有什么好期待的，或者说几乎没有什么好期待的。我们梦想绘制出一份失望清单，把每个人的失误都列在上面，并张贴于校园。

*

根据帕拉蒂尼公主[1]的说法，路易十四去世后的那些年里，已不再充当任何角色的曼特农夫人[2]常常念叨："一段时期以来，一种昏乱的精神四处蔓延，占据了统治地位。"

这种"昏乱的精神"总是被那些失败者注意到，而

---

[1] 帕拉蒂尼公主，指巴伐利亚的夏洛特-伊丽莎白（Charlotte-Élisabeth de Bavière，1652—1722），法王路易十四的弟弟奥尔良公爵腓力一世的妻子。
[2] 曼特农夫人（Mme de Maintenon，1635—1719），闺名弗朗索瓦兹·德·奥比涅（Françoise d'Aubigné），1686 年与法王路易十四在一座小教堂秘密结婚，是路易十四的第二任妻子。

且恰如其分，我们不妨以这种方式重新审视整个历史。

*

"进步"是每一代人对上一代人犯下的不公正。

*

有钱人不是暗地里而是公开地痛恨自己，他们希望能以这样或那样的方式把自己扫地出门。更有甚者，他们更愿意藉自己之力清除自己。这是某种革命形势下最稀奇、最古怪的一面。

*

一个民族只能进行一场革命。德国人从未再行宗教改革之壮举，或更确切地说，他们重演了宗教改革的壮举却比之不及。而法国则始终要仰仗一七八九年。对俄国和所有国家也同样如此，这种在革命问题上自我抄袭的势头着实令人欣慰又让人痛苦。

*

颓废后的罗马人只知道欣赏"希腊式休闲"（otium graecum）。活力贲张时期，他们对此可是不屑一顾的。

这与当今那些文明国家再相似不过了，就连强调这一点都显得那么不合时宜。

*

阿拉里克[①]说，有个"恶魔"怂恿他反抗罗马。

每个没落的文明都等待着攻陷自己的那个蛮族，而每个蛮族都在恭候着自己的恶魔。

*

"西方"，一种馥郁芬芳的腐烂，一具涂满香料的尸体。

*

所有那些民族都曾经伟大，因为他们都有各种巨大的偏见。这样的民族已经没有了。那他们还算是民族吗？至多只能算是乌合之众。

*

苍白（pâles）是美洲印第安人给白人起的名字，如今白人和这个名字真是越来越般配了。

---

① 阿拉里克，指阿拉里克一世（Alaric I，约370—约410），西哥特王国的缔造者和第一任国王（395—410在位）。他曾于410年率西哥特人攻陷罗马并大肆劫掠，是第一批攻克"永恒之城"的蛮族武力。

*

在欧洲，幸福终结于维也纳。此后便是不幸，不幸，永远都是不幸。

*

罗马人、土耳其人和英国人之所以能建立起长久的帝国，在于他们不遵从清规戒律，没有将其强加给被征服的民族。如果他们执拗于某种弥赛亚式的恶习，就永远不可能如此长久和成功地行使霸权。那些意想不到的压迫者、管理者及其附庸和无信仰的领主拥有统筹威权与冷漠、严厉与放任的本领。这种本领，这种炉火纯青的大师之奥秘，正是过去西班牙人所缺乏的，也是当今这个时代的征服者们的短板。

*

一个民族，但凡能保持自己的优越意识，就会凶猛无比，受人尊重；一旦失去，就变得很通人性，也就不再重要了。

*

每当我对这个时代要暴跳如雷时，只须想想会

发生什么，想想我们的后人在回溯往事时对我们的
嫉羡，便足以让我心平气和。从某些方面讲，我们
属于旧人类，属于仍缅怀天堂的人类。但后人连这
种怀念的资源都没有了，甚至不知道竟有这样的观
念和文字！

*

　　我对未来的看法太清晰了，如果我有孩子，会
立刻掐死他们。

*

　　每当我们想到柏林的沙龙，想到浪漫主义时代，
想到某个昂丽埃特·赫兹①或拉赫尔·莱文②在其中
扮演的角色，想到后者与路易-斐迪南亲王③的友谊，
然后告诉自己说，她们如果活在这个世纪，定会命
丧毒气室，便会下意识地把信仰"进步"视为最谬
误、最愚蠢的迷信。

---

① 昂丽埃特·赫兹（Henriette Hertz 或 Henriette Herz，1764—1847），
德国作家和社交界名媛，犹太人，柏林第一个犹太文化沙龙的女主人。
② 拉赫尔·莱文（Rachel Levin），即拉赫尔·范哈根（Rahel
Varnhagen von Ense，1771—1833），德国书简作家和社交界名媛，犹
太人，她的沙龙聚集了众多文化界名人。
③ 路易-斐迪南亲王（Prince Louis-Ferdinand，1772—1806），普鲁
士亲王，军事统帅，业余作曲家和钢琴家。

*

赫西俄德①是历史哲学的鼻祖。"衰亡"的概念也是他提出的。在这一点上，他为历史的发展阐明了多少道理！如果说在起源的核心，在后荷马世界的中心，他认为人类已处于铁器时代，那么几个世纪后他会说些什么？今天他又会说些什么？

除却沉迷于轻浮或乌托邦的那些时代，人类始终认为自己已经走到了糟得不能再糟的边缘。知悉了自己所知悉的一切后，人类又是藉何种奇迹不断修正自己的欲望和恐惧的呢？

*

第一次世界大战后，我家乡要通电，引来一片窃窃议论，随后便阒无声息了。特别是教堂（我家乡有三座教堂）通了电以后，所有人都坚信敌基督②来了，接下来便会是世界末日。

这些喀尔巴阡山区的农夫目光远大，所以想得

---

① 赫西俄德（Hésiode，前8世纪末—前7世纪初），古希腊诗人，有长诗《工作与时日》《神谱》传世。
② 敌基督，意为"取代基督者"，指否定耶稣为基督、否定耶稣为神的独生子、否定耶稣是道成肉身且自称基督者。犹太教中的"基督"指"被神选定的"集祭司、先知和君王于一身的救世主，而基督教中的"基督"则是拿撒勒人耶稣的专称。

没错。他们从史前走来，当时便已悉知文明人新近方知之事。

*

正是由于对一切美好结局不以为然的偏见，我才开始喜欢阅读历史。

思想耐不住临终痛苦；它当然会死，但不知道如何老去，而结局即为此目的而存。这就足以让我们更乐于与历史学家而非哲学家为伍。

*

公元前二世纪，卡尔内阿德斯[1]在其著名的罗马之行的首日演讲中支持正义的理念，在次日的演讲中又抨击正义的理念[2]。从那时起，哲学——此前，在这个道德健全的国家里是没有哲学的——开始肆虐。那么，哲学是什么？水果里的蛀虫……

---

[1] 卡尔内阿德斯（Carnéade，前213—前129），古希腊哲学家，曾在雅典学园从事研究工作，后成为学园领袖。

[2] 公元前2世纪，卡尔内阿德斯曾作为希腊使团成员去过罗马，第一天他发表演讲，声称宇宙中有固定的法则，而公民社会的运行要靠这些法则维系，发现这些法则就能实现公平正义；第二天他再次演讲，声称宇宙仅仅是由一系列混乱的原子所构成，社会则完全是人的创造，所以法则也都是人制定和维护的，因此需要用人的理性进行讨论，找到一套关于社会规则的方案，这样才能实现公平正义。这两次演讲都受到了听众的欢呼，而这两天的听众也基本相同。罗马害怕他的言论会污染年轻人的心灵，很快便把他驱逐出境。

曾出席过希腊辩论大赛的老加图①吓坏了，他请求元老院尽快向雅典使团的代表们表达谢意，因为他认为这些人在罗马出现是有害甚或危险的。罗马的年轻人不该与这种堕落的心灵交往。

伦理层面上的卡尔内阿德斯及其同事，与军事层面上的迦太基人同样可怕。更重要的是，崛起中的国家害怕偏见和禁忌的缺席，忌惮知识分子的无耻，而这正是垂死之文明的魅力所在。

*

赫拉克勒斯因其实现了所有伟业而受到惩罚。太过幸福的特洛伊也同样必须灭亡。

想到这些悲剧人物共同的下场，我们就会下意识地认为，这个所谓的自由世界既然充满了各种机会，特洛伊的命运也就在所难免，因为众神虽已将其毁灭，但嫉妒心依旧存在。

*

看门的老太太告诉我说，"法国人都不愿意再干活了，他们都想写作"，她不知道自己在那天对古老

---

① 老加图（Caton le Censeur，前234—前149），罗马共和国时期的政治家、国务活动家和演说家，曾任执政官，也是罗马历史上第一位重要的拉丁语散文作家。

的文明进行了审判。

*

一个社会，当再也没有什么力量可以制约它时，就注定要失败了。那么，怎样才能在开放或过于开放的心态中保护这个社会免遭过度自由之泛滥的致命风险呢？

*

只有在那些为某些词语而相互开战、相互残杀的国家，意识形态上的争论才会白热化……简言之，就是那些经历过宗教战争的国家。

*

一个穷尽使命的民族有如一位重复自己的作家，不，再没什么可说的了。因为重复自己，就证明仍然相信自己，相信自己坚持的东西。但衰落的国家甚至无力重述其古老的箴言，而这些箴言曾为其卓越与辉煌保驾护航。

*

法语已沦为外省语言了。当地人习以为常。只有外国佬耿耿于怀——只有外国佬对那种"细微的差异"悲伤欲绝……

*

薛西斯[①] 派使者向雅典人索要土地和水源，地米斯托克利[②] 根据一项人皆赞同的法令，判处波斯使团的翻译官死刑，"因为他竟敢用希腊语转达一个野蛮人的命令"。

一个民族，只有身处其功业巅峰，才会有如此作为。当它不再相信自己的语言、不再认为这种语言本身便是表达的至高形式，它就完全堕落了，就出问题了。

*

一位十九世纪的哲学家天真地认为拉罗什富科[③] 对往昔的看法是正确的，对未来的看法却没有价值。进步观念令智慧蒙羞。

*

人越是进步，解决问题的能力越差，一旦他盲

---

① 薛西斯，指薛西斯一世（Xerxès I，前 519—前 465），波斯帝国皇帝，前 485—前 465 在位。
② 地米斯托克利（Thémistocle，前 525—前 460），古希腊政治家、军事家，雅典人，曾任雅典执政官（前 493—前 492），力主扩建海军。
③ 拉罗什富科（François de La Rochefoucauld，1613—1680），17 世纪法国作家，有《道德箴言录》传世。

目地确信自己成功在即，惊世骇俗的事情便会发生。

*

必要时，我会为"世界末日"而烦恼，但为了一场革命……若为了某个终结或开端、为了某次最终或最初的灾难，是的，我会合作，但绝不会为了某种改变，毋论其更好或更糟。

*

无深入钻研者，必无信念。

*

从长远看，容忍比不容忍造成的伤害更大。——若此说成立，则构成对人类最严厉的指控。

*

动物但凡不再需要彼此恐惧，就会陷入愚钝，并呈现出我们在动物园里看到的那种茫然的表情。如果有一天，每个个体和民族都能实现和谐相处，不再公开或暗地里战栗，也会呈现出同等样貌。

*

回想起来，没有什么东西是好或坏。历史学家评判往昔，不过是在另一个世纪里搞搞新闻罢了。

*

两百年后（让我们说得准确些!），那些太过幸运的民族，其幸存者将被安置在保护区里，被其他人抱着厌恶、同情或惊讶甚或恶意的仰慕去观赏和端详。

*

群居的猴子似乎会排斥那些以某种方式与人类往来的猴子。有个名叫斯威夫特[①]的人竟不知如此细节，真是遗憾!

*

我们该诅咒自己的世纪还是所有世纪？

我们能想象佛陀是因为其同时代人而从这个世界隐退的吗？

*

如果人类那么爱那些无耻地相信自己就是救世主的狂徒，是因为人类假定这些人相信这件事。

[①] 斯威夫特，指乔纳森·斯威夫特（Jonathan Swift, 1667—1745），爱尔兰作家，《格列佛游记》的作者。

*

这位国家元首的力量在于其空想和玩世不恭。一个不择手段的梦幻者。

*

最糟糕的罪行均出自狂热，病态的国家要为几乎所有公共和私人的不幸担责。

*

如果未来对你们歌唱，那就去瞧瞧吧。我更喜欢坚守不可思议的当下和不可思议的往昔。我把你们留下面对"不可思议"本身。

*

那位时髦女士对我说："您反对自上次大战以来人们所做的一切。"

"您把时间搞错了。我反对的是自亚当以来人们所做的一切。"

*

希特勒无疑是历史上最邪恶的人物，也是最可悲的人物。他成功地做到了事与愿违，一点一滴地摧毁了他自己的理想。所以他是个独一无二的怪物，也就是说，是个双倍的怪物，因为其可悲本身也是个畸形的怪物。

*

重大事件皆由疯子引发，平庸的……疯子。可以肯定的是，"世界末日"本身也将如此。

*

《光明篇》教诲我们说，凡地上作恶者，在天上也好不到哪儿去，他们迫不及待地想离开天堂，冲向深渊入口，"提早了他们必将沦入的那个世界的时间"。

我们很容易就能看出，这种关于灵魂先存的观念是多么深刻，它在诠释"恶人"的自信与自得、决心和能力方面是多么权威。难怪这些恶人要瓜分这片土地，因为他们早已筹谋好了这样的计划：人未至而土地已被征服……事实上，这片土地自古以来早就被征服了。

*

真正的先知与其他先知的区别在于，他置身于相互排斥、相互对抗的运动与学说的源头。

*

在大都市，就像在小村庄一样，我们最乐见的还是眼看着某个同类倒霉。

*

我们内心中毁灭的欲望根深蒂固，没人根除得了。它构成了每个人的一部分，生命本身的本质肯定便是恶魔附体。

贤哲是平和的、幕后的毁灭者。其他人则为毁灭的实施者。

*

不幸是一种被动和忍受的状态，而诅咒则设定为一种逆向选择，从中引发出一种使命的观念、一种内在力量的观念，这种观念与不幸无关。一个被诅咒的个体或被诅咒的民族，势必与一个不幸的个体或不幸的民族分属不同阶层。

*

严格说来，历史不会重演，但由于人类的幻想有限，所以它总会改头换面卷土重来，从而给这个已然衰朽之极的脏东西又罩上一层新奇的氛围，又披上一件悲剧的外衣。

＊

我读过一些有关约维尼安、圣巴西尔和其他人的文章[①]。最初的几个世纪里，正统和异端之间的冲突似乎并不比我们已然司空见惯的现代意识形态冲突更疯狂。其争论的方式、投入的激情以及愚蠢和荒唐庶几相同。这两种情况下，一切都围绕着非现实和不可验证展开，并构成了宗教和政治教条的基础。历史只有避开这二者才有可能被容忍。所以说，为了使所有人的利益最大化，历史的确本该中止，无论是那些忍受历史的人还是创造历史的人。

＊

毁灭的便利性令人生疑。捷足先登者很可能占得先机。可是，如果说毁灭如此简便，要毁灭自己就不那么容易了。社会弃儿远比鼓动者或反对秩序的人更占优势。

[①]　约维尼安（Jovinian，？—405），4世纪基督教禁欲主义的反对者，393年在米兰主教会议上被斥为异端。圣巴西尔，或指安塞拉的巴西尔（Basile d'Ancyre），希腊神学家和安塞拉主教，基督教圣徒，生年不详，公元362或363年殉道。

*

如果我生活在基督教的早期，恐怕早被诱惑了。我痛恨那个同情者、那个假想的狂热者，我也不能原谅自己两千年前的那种归附……

*

我在暴力和醒悟间徘徊，觉得自己像个恐怖分子——带着发动袭击的想法离开家门却又中途停下，想再去查查《传道书》或爱比克泰德的学说①。

*

根据黑格尔的说法，人"只有在一个由自己一手创造的世界中"才能完全自由。

人就是这么做的，可从未像现在这样被束缚、被奴役。

*

只有当人类不再抱有任何幻想、彻底醒悟并乐

---

① 《传道书》是《圣经·旧约·智慧书》的第四卷，相传为大卫王的儿子所罗门所作。爱比克泰德（Épictète，55—135），古罗马斯多噶派哲学家，相传是奴隶出身。早年在罗马生活和讲学，后被逐出罗马，在希腊西北部的尼科波利斯（Nicopolis）写作和讲学直至去世。他的学生阿利安（Arrien）根据课堂笔记编纂了他的《语录》和《手册》，从而保留下了他的思想。

于如此醒悟时，生命才会变得可以忍受。

*

我能感受和思考的一切，都与反乌托邦的实践融为一体。

*

人不可能长久。一旦力竭，他必将为自己异想天开的一生付出代价。如果说他还能这么拖延下去且得善终，则是难以想象也是反自然的。这一前景因其令人沮丧，才更为可信。

*

"开明的专制"：唯一能吸引某个头脑从一切事物中回归的制度，该制度不会成为革命的帮凶，因为它连历史的帮凶都算不上。

*

再没有什么比同一个时代有两位先知更让人痛苦的了。其中一位若不想被人讥笑就须远避并消失。若此二人都因此置于受人讥评的境地，那还算是公平的解决方案。

*

遇到无辜的人每每让我不安甚至心烦意乱。他从哪儿来？在找什么？其现身不就预示着某件令人不快的事情吗？面对根本不能称之为同类的人，这麻烦可真是非同小可。

*

文明人无论首次现身何处，都会被原住民视为鬼魂、幽灵一样的邪恶生灵。但从来不像活人！

无与伦比的直觉，先知般的目光，如果有先知的话。

*

如果人人都能"理解"，历史早该结束了。但从根本上讲，我们在生物学上并不具有"理解"的能力。哪怕众人都理解，但只要有一个人不理解，历史就会因为他、因为他的糊涂而延续下去。就因为这样一个唯一的幻象！

*

某人坚持认为，我们正处于"宇宙周期"之末，一切行将崩溃。他对此绝无片刻怀疑。

可他同时又是一位父亲，一个大家庭的家长。既有如此确信，干吗还要荒唐地将一个又一个孩子扔进这样一个恶浊的世界？如果我们已预见到"末日"，如果我们确信末日将至甚至期盼这个末日，莫不如独自守候。拔摩岛 [①] 不适宜生育。

*

蒙田，一位贤哲，没有后代；卢梭，一个歇斯底里者，依旧在搅动万国。

我只热爱那些没有启发过任何平民演说家的思想家。

*

一四四一年，佛罗伦萨议会颁布法令，宣称"永生"不包括异教徒、犹太人、异端分子和分立派教徒，除非他们临死前改宗真正的宗教，否则将直接下地狱。

自此，基督教会便开始以一种荒诞不经的方式宣称自己才是真正的宗教。一个机构只有在排斥不属于它的一切时，才活力十足和强大无比。不幸的

---

① 拔摩岛（Patmos），又译帕特莫斯岛，思高本《圣经》译为帕特摩岛，是爱琴海中的一座希腊小岛，罗马帝国时期是放逐之地，圣约翰即流放于此。岛上的圣约翰修道院和天启洞 1999 年被联合国教科文组织列入世界文化遗产。

是，这同样适用于一个国家或一个政权。

*

严肃、诚实的头脑不懂历史，也不可能搞懂。反之，历史却十分擅长为某位讽刺学者提供笑料。

*

作为人，一想到我们生来命蹇，已承担的一切和将要承担的一切都将受到厄运的眷顾，真是无上甜蜜。

*

柏罗丁和一位遣散了自家奴隶、散尽了所有家财的罗马元老院议员成了朋友，这位议员和朋友们一起吃饭睡觉，因为他已经一无所有。从"官方"角度看，这位议员已走火入魔，其状况必定窘迫不安，可事实上他是元老院里的一位圣人……他的存在及其可能性本身该是何等重大的征兆呵！蛮族已然不远了……

*

一个完全战胜了利己主义、身上已全无自私自利之痕迹的人是不可能坚持二十一天以上的，这是一个现代吠檀多学派的说法。

没有一个西方伦理学家、哪怕是最悲观的伦理学家敢对人性提出如此可怕、如此明确的观点。

*

我们越来越不怎么谈论"进步"了，提得越来越多的是"突变"，而所有声称能阐明后者优势的说法，都不过是前所未有之灾难的一个又一个征兆。

*

腐败政权之下，我们只能呼吸和呼号。只有当我们力促其毁灭且有能力为此类政权的存在感到遗憾时，才会意识到这一点。

*

所谓创造性本能，不过是剑走偏锋和对本性的扭曲：我们生于这个世界，不是为了创新，不是为了颠覆，而是为了享受我们的些微存在，为了慢慢了结我们的生命，尔后阒然消失。

*

阿兹特克人[①]认为有必要安抚众神，所以每天

---

① 阿兹特克人，北美洲南部印第安人部落，曾于 14 世纪至 16 世纪在墨西哥中部创造阿兹特克文明。该部族信奉原始宗教众神，并有人祭传统。

要向它们祭献人血，以防宇宙崩溃并再次陷入混乱。他们有理由这样想。

很久以来，我们已不再信奉众神，也不再向它们献祭了。可世界始终在那儿。千真万确。只是我们再无从知晓这世界为何未能即刻瓦解。

第九章

我们所追求的一切皆出于对折磨的需求。追求救赎本身就是折磨，是所有折磨中最微妙、伪装得最好的折磨。

*

如果人死后真能变回出生前的样子，那么坚守这一纯然可能之事而非动摇岂不更好？既然可以永葆一种无需变现的充实，又何必非要绕个大圈子不可呢？

*

当肉身这副皮囊不再陪伴我时，我想知道凭着这具腐尸，我在面对各器官不辞而别时该如何抗争……

*

上古诸神嘲笑人类，嫉妒人类，有时还围猎人类，蹂躏人类。《福音书》中的那位上帝虽不那么嘲弄和嫉妒，可凡人在自己的不幸中甚至都得不到能指控它的慰藉。从这一点出发，我们倒是可以探究一下为什么没有一位成为了基督徒的埃斯库罗斯在场或是他不能在场的原因。因为那位悲悯的上帝杀死了悲剧。否则宙斯对文学的价值会截然不同。

*

我从记事时起就有一个顽念，是一种弃绝的疯狂。只是不知该弃绝什么？

如果过去我曾如此渴望成为某个人，那只是为了有朝一日能像查理五世那样在尤斯特修道院 ① 说出如下这句话："我什么都不再是了。"

---

① 尤斯特修道院，位于西班牙卡塞雷斯省。神圣罗马帝国皇帝查理五世（Charles Quint, 1500—1558）自 1557 年起住在这座修道院里，直至去世。这位皇帝有多个头衔：西班牙国王卡洛斯一世、罗马人民的国王卡尔五世、卡斯蒂利亚和莱昂国王卡洛斯一世、阿拉贡国王卡洛斯一世、西西里国王卡洛斯二世和那不勒斯国王卡洛四世。

*

《致外省人信札》^①中，有些信竟重写了十七次之多。帕斯卡在一项我们如今似乎没多大兴趣的事情上竟投入如此多的精力和时间，实在令人瞠目结舌。信札中全是颇具历史意义的论战，全是涉及人类的论战。而《思想录》则是与上帝的论战。这依旧令我们有点担心。

*

萨罗夫的圣塞拉芬^②在彻底隐居的十五年里从未向任何人打开过小屋的门，连不时造访他的主教也不例外。"沉默，"他会说，"让人更接近上帝，让他在地上有如天使。"

这位圣人还应该再加上一句：沉默深邃，但远不如无法祈祷深邃……

*

现代人丧失了对命运的感觉，也因此丧失了悲

---

① 《致外省人信札》(*Les Provinciales*)，帕斯卡著，被视为法国文学的经典之作，由 18 封信组成，探讨了天主教会内部詹森派和耶稣会之间长期争论的思恩和圣礼习俗问题，并为詹森派辩护。

② 萨罗夫的圣塞拉芬 (Seraphim de Sarov, 1754—1833)，东正教圣徒。

叹的滋味。剧院里应当首先恢复唱诗班；葬礼上也应当恢复哭丧妇。

*

焦虑者会抓住所有能加剧其焦虑、刺激其天赐苦恼之物：治愈焦虑，意味着打破平衡，因为焦虑是其生存和成功之基。狡狯的教会忏悔师知道这很必要，他明白焦虑者一旦察觉了焦虑便无法脱身。但他不敢宣扬焦虑的好处，便采取迂回的策略兜售懊悔，其实就是认可焦虑，认可焦虑的高尚。信众感激他。他也因此成功笼络住了自己的客户，而那些作为同行的俗家忏悔师则要为留住客户而苦苦挣扎。

*

你们告诉我死亡并不存在。我同意，前提是你们能即刻表示什么都不存在。把什么都赋予真实，却否认这么真实的事，岂非咄咄怪事。

*

当我们蠢到向他人吐露心扉时，只有一个办法能确保他牢守秘密：当场干掉他。

*

"疾病有其各自的方式，有的白天来，有的晚上到，它们随意造访人类，带给这些凡人以痛苦——却又缄默无语，因为聪明的宙斯令其禁言。"（赫西俄德语）

幸亏缄默无语，因为它们已然暴虐。若再喋喋不休会怎样？我们能想象某种疾病会宣告自身即将降临吗？不是显示症状，而是发布宣言！终于，又一次，宙斯显示出他体谅的迹象。

*

不育的时代就该冬眠，昼夜酣睡以保持体力，而不是在屈辱和愤怒中耗尽精力。

*

连四分之一责任都不肯承担的人才值得羡慕。羡慕与尊重无关。

*

极度憎恨人类的重要利好是，憎恨一旦耗尽，即能忍受。

*

一关上百叶窗，我就躺进了黑暗中。外部世界像越来越不清晰的喃喃自语，慢慢消失。只剩下我……麻烦即在于此。隐士们毕生都在与其内心最隐秘的事物对话。我为何不能以他们为榜样，把自己投入到这种极致修炼中去呢？这种修炼可以与自己建立起亲密的关系！正是这种自我访谈、这种从一个自我向另一个自我的过渡才最重要，而且还须不断更新才有价值，以这样的一种方式，通过胎位的必要倒转，自我终将被另一个自我吸收。

*

甚至上帝身旁也酝酿着不满情绪，有天使的反叛为证，且为开天辟地第一遭。这意味着在创世的所有层面上，有优势者都不会被原谅。我们甚至可以设想连一朵花都会暗藏妒心。

*

美德没有面孔。它们是非人格化的，抽象、传统，比恶习消耗得更快，而恶习则朝气蓬勃，且年复一年愈发昭彰、愈发严重。

*

泰勒斯①曾在哲学的黎明时分说过"神无处不在";而在另一端,在我们抵达的黄昏,出于对称的需要,更出于对证据的尊重,我们可以宣称"根本没有神"。

*

我独自待在那座俯瞰村庄的墓地里,此时有位孕妇走了进来。我立刻就离开了,免得近距离看到这位尸体搬运工,也用不着再去反复琢磨那隆起的腹部和衰败的坟头之间以及虚假的承诺和所有承诺的终结之间有什么区别。

*

祈祷的冲动无关信仰。这种冲动来自另一种特别的消沉,且会和这种消沉同样持久,即便众神及其记忆本身已永远消失。

---

① 泰勒斯(Thalès,约前624—约前546),哲学家和科学家,古希腊最早的哲学学派米利都学派——又称爱奥尼亚学派——的创始人,是西方思想史上第一位有记载并留下名字的思想家,被视为"科学和哲学之祖"。

*

"话语除却自身失败，切莫指望任何事物。"（格雷古瓦·帕拉马斯[①]语）

能如此猛烈抨击所有文学作品的人必定是个神秘主义者，或是某个研究"不可言说"的专家。

*

古时候，人们——尤其是哲学家——常欣然求诸窒息自己，扼住呼吸，直至死亡。这种如此优雅又如此实用的自我了断方式如今已彻底绝迹，何时能恢复还不好说。

*

我们多次说过：命运的概念，其前提是变化和历史，对不变的存在并不适用。所以我们不能谈论上帝的"命运"。

理论上可能不会。实践中却只能如此，尤其当信仰瓦解的时候，当信仰动摇的时候，当没有什么可以战胜时间的时候，当上帝自己也被卷入大衰退的时候。

[①] 格雷古瓦·帕拉马斯（Grégoire Palamas，1296—1359），东正教圣徒。

*

人一旦有了欲望，便落入了"魔鬼"的掌控。

*

生命虚妄；死亡才是一切。然而，独立于生命的死亡亦是虚妄。正是这种独特、自主之现实的缺席，才使得死亡成为普遍；死亡没有自己的疆界，可它无处不在，就像所有缺失身份、限制和定位的事物一样：一种不雅的无限。

*

欣快感。某种想法让我无缘无故狂喜不已，我不能备述自己有什么习惯性的情绪，也不知有什么力量驱使我产生那样的想法，我告诉自己说，这是一种莫名的亢奋，只有那些忙碌和奋斗的人、那些生养的人才能感受到这种欢欣鼓舞。他们不愿也想不到有什么会否定他们。即使他们真的想这个问题，他们是否也会像我在这个难忘的日子里所做的那样，认为这根本无关紧要？

*

为何要渲染那些排除在评论之外的东西？被阐

释过的文本便不再是文本。我们总是带着某种观念生活，而不会去解剖它；我们正与之抗争，却没有去描述冲突的各个阶段。哲学史是对哲学的否定。

*

出于一种相当可疑的顾虑，我想知道到底是什么让我这般疲惫，于是我开列了一张清单：虽尚欠完整，但在我眼里已如此冗长、如此令人沮丧，所以我以为最好还是求助于对自身厌倦，多亏这种讨喜的办法中有些哲学的成分，可以让瘟疫患者重新打起精神。

*

句法的毁灭与解裂，歧义与近似的胜利。这一切都很好。你们只要试着写下遗嘱，就会知道过气的严谨是否真的如此不堪。

*

箴言？无焰之火。我们懂，没人想在那里热身。

*

静修者提倡"随时随地祈祷"，可我即便失去理智也无法提升自己。我对虔诚的理解无非是放纵，是过度的猜忌；而且，若非在祈祷中领教了劣僧们分享的一切——懒散、贪食、破坏欲、贪婪、厌恶世界、在悲剧事件和模棱两可间摇摆不定、渴望内心的崩塌等等——苦修也无法让我耽搁片刻。

*

我记不得是哪位"圣师"[①]曾提倡用体力劳动对抗倦怠了。

该倡议令人钦佩，我始终在自觉践行：没有哪种抑郁，即世俗的倦怠，能抵抗得住这种零敲碎打。

*

多年来没有咖啡，没有烈酒，没有烟草！所幸，焦虑还在，它有效地取代了最强烈的刺激。

*

对警察国家最尖锐的批评，就是指责他们把强行销毁信件和日记作为防范手段，也就是说，强行销毁文学中最本真的东西。

---

① 圣师（Pères de l'Église），指基督教早期为基督教会留下重要著作或史料、对后世基督教会产生过重大影响的主教、神学家、历史学家、思想家和演说家等，这些人被教会尊称为"圣师"。

*

为保持头脑清醒，诽谤被证明与疾病同样有效：同样的时刻怵惕，同样的精神紧张，同样的不安全感，同样的张皇失措，同样的死亡强化。

*

我显然什么都不是，但很长一段时间以来，我始终想成为什么。我无法扼杀这种意志、这种抱负：它存在，是因为它一直存在，尽管我拒绝它，可它仍折磨我，支配我。我徒劳地想让它复归我的过去，它却一再反抗并骚扰我：未获餍足，它便我行我素，不想听命于我。我夹在了自己和自己的意志之间，该怎么办？

*

圣约翰·克里马库斯在其《天堂的阶梯》[1] 中指出，一个骄傲的修士用不着恶魔迫害，他便是其自身的恶魔。

---

[1] 圣约翰·克里马库斯于公元 649 年在西奈山为训练修士撰写了一篇专论《天堂的阶梯》，详细阐述了通过心灵修炼的 30 道阶梯而抵达上帝的方式，对拜占庭和西方修道院均产生过重大影响。"阶梯"一词在希腊语中写作 "κλῖμαξ"（klīmax），故后人以"克里马库斯"称呼他。

我想起了在修道院里蹉跎一生的某个人。他比任何人都更有资格在这个世界上脱颖而出并照亮这个世界。他无法令自己谦恭，他无法适应服从，所以他选择了孤独，选择了陷入孤独。用约翰·克里马库斯的话说，他除了使自己成为"爱上帝的人"以外别无选择。讽刺挖苦拯救不了自己，也无法助力他人拯救自己。讽刺挖苦只能遮掩自己的伤口，要么就是遮掩自己的厌恶。

*

活着而没有任何野心，意味着巨大的力量，也意味着巨大的幸运。我是这样要求自己的。但强迫自己这样做也同样属于野心。

*

冥想的虚空时间实际上是唯一完满的时间。我们永远不该为虚空时刻的积累而脸红。表面虚空，内则完满。冥想是至尊的悠游，其奥秘已然失传。

*

高尚的行为总是令人怀疑。我们每每后悔自己如此从事。这很假，是做戏，是故作姿态。的确，我们每每也为龌龊的行为感到遗憾。

*

回顾自己生命中的每一时刻，无论是最狂热的还是最中性的，如今所剩几何？其间又有何差别？一切都变得相似，既无解脱感，也无现实感，而我恰恰在这种最没感觉的时刻才最接近真相，我在当前的状态下聆听，在当前的状态下审视自己的经历。何必事事都要有感觉？记忆或想象都不能复苏任何狂喜的状态！

*

直至最后一刻，也没有人能把自己的死亡消耗得干干净净：即便对出生即死者，死亡也保留着一丝新奇感。

*

根据喀巴拉的解释，上帝从一开始便创造了灵魂，这些灵魂都以将要投生的姿态出现在他的面前。时辰一到，灵魂便受命投胎于某具命定的肉身，但每颗灵魂都徒劳地央求造物主免除这一奴役和堕落。

越是想在轮到自己的灵魂投胎时肯定能发生点儿什么，我就越是意识到，但凡有一颗灵魂比其他灵魂更不愿投胎，那一定就是我的灵魂。

*

我们攻击怀疑论者时，会说他陷入了"自主的怀疑"，而事关某位信徒时，却从不会攻击他陷入了"自主的信仰"。可内心混乱时，信仰的确具有某种有别于怀疑的机械性特征，它可以从一种惊诧跃向另一种惊诧。

*

我们每个人身上的这种虚无之光可以上溯至我们出生之前，上溯至所有出生之前，若想重新连接起那束遥远的光——我们将永远不知缘何与其分离——我们就必须保护好这个东西。

*

我从未体验过任何真正充实、真正幸福的感觉，却没想到当下就是这样的时刻：让自己永久灭绝的时刻。

*

在形而上学和业余爱好之间、在莫测高深与奇闻轶事之间做出选择似乎徒劳无益，而这一时刻业已莅临。

*

若想准确评估基督教相较于异教的倒退程度，我们只需将"圣师们"对自杀问题的浅薄评论与老普林尼、塞涅卡甚至西塞罗就同一主题表达的观点进行比对即可 [①]。

*

我们何必要说这些话？构成我们讲话的这一连串命题可有丝毫意义？命题一个接一个的目的何在？

只有把这个问题搁置一边，或尽可能少问自己这个问题，我们才能讲话。

*

"我什么都不在乎"——这句话如果是在完全了解其含义的情况下冷静地说出来的，哪怕只说过一次，那么历史就还算合理，我们所有人也都情有可原。

---

① 老普林尼（Pline l'Ancien, 23—79），古罗马作家，代表作是百科全书式的《自然史》。塞涅卡（Sénèque, 约前4—65），罗马帝国时期的哲学家、政治家、剧作家，曾任尼禄皇帝的导师及顾问，后被尼禄逼迫自杀。西塞罗（Cicéron, 前106—前43），罗马共和国晚期的哲学家、政治家、律师、作家、雄辩家，曾任执政官。

＊

"众人皆赞，祸事临头！"

基督在这句话里预言了自己的结局。如今每个人都夸他，哪怕是最冥顽不化的不信神者，而且尤其是他们。他很清楚，他终有一天会受到普遍认可。

早期基督教如果未遭受过那么多无情的迫害，早该失传了。所以它必须不惜一切代价找到对手，以便为大难将至未雨绸缪。或许，再有一个新的尼禄[1]出现才能拯救它……

＊

我相信话语是一个近世的发明，很难想象一万年前会有什么对话。更难想象一千年后还有什么对话，更遑论一万年后了。

＊

精神病学专著中，我能记住的只有病人所言；评论作品中，我能记住的只有引文。

---

[1] 尼禄（Néron，37—68），罗马帝国第五位皇帝，公元54—68年在位，以残暴著称，是第一个大规模公开迫害基督徒的罗马皇帝。

*

那个波兰女人超越了健康和疾病，甚至超越了生死，没有人能为她再做什么。我们治愈不了幽灵，更治愈不了活生生的幽灵。我们能治愈的只有那些属于泥土、扎根泥土的人，哪怕其扎根不深。

*

我们经历的不育期，恰逢我等洞察力恶化和内心疯狂消退。

*

将自己的手段用到极致，甚至将自己的生命推向极限，这是所有那些自以为已成为上帝选民的人的规律。

*

人类正是因为话语才对自由产生了错觉。如果他们一言不发做自己手头的事，会被当作机器人。他们藉言说欺骗自己、欺骗他人：在宣称自己意欲何为之时，我们又怎能不相信他们要对自己的行为负责呢？

*

每个人在内心深处都认为并相信自己不朽，即便知道会很快死去。我们可以理解一切，承认一切，实现一切，除了自己的死亡，尽管我们无时无刻不在思考并接受死亡。

*

那天早上，在屠宰场，我看着牲畜被送去屠宰。几乎每一头牲畜在最后一刻都拒绝前行。为了让它们继续往前走，就有人鞭打它们的后腿。

每当我从睡梦中醒来，无力面对每天"时光"的摧折时，脑海中便常常浮现出这一幕。

*

当我意识到万物倏忽而过，我便为自己的这一特长自豪。一种奇特的天赋，它糟践了我所有的快乐；而且更厉害的是它糟践了我所有的感觉。

*

每个人都在为自己初生的瞬间赎罪。

*

有那么一瞬间，我觉得我悟出了婆罗门教中的

"出神"对一位虔诚的吠檀多修行者意味着什么。我真的希望这一瞬间能无限延长！

*

我忧心忡忡地寻觅治疗焦虑的丹药。最终丹药与疾病沆瀣一气。

*

"道之将行也与？命也。"（孔夫子语）

……每当我面对这样或那样荒唐的胜利并愤怒得近乎中风时，总喜欢用这句话来说服自己。

*

居然能欣赏到那么多狂热、极端和堕落的人！一想到再也不用去拥抱什么事业，我就宽慰得近乎达到高潮……

*

他是个杂耍演员吗？是个陷入"臆想"的乐队指挥吗？他激情万丈，随后又平静下来，在快板和行板中切换自如，俨然像个江湖魔术师和诈骗犯一样得心应手。他一张口，就让人觉得他在寻找什么，可我们永远不知道他想要何物：真是个堪称仿效思想家的行家里手。如果他能说清楚一件事，他早就完了。因为他和听众一样，不知道自己想说什么、想要什么，他可以几个小时这样海阔天空，而那些傀儡却如痴如醉。

*

在与自己的时代相冲突中生活是一项特权。每时每刻，我们都能察觉到自己思考问题和别人不一样。这种敏锐的相异性看起来无论多么贫乏枯燥，却具有某种哲学地位，我们如果跟着时代事件的节拍苦苦思索，以寻求这种地位，反而会迷失。

*

"我们什么也做不了。"那位耄耋老妪在我对她说出和在她耳边喊出的每句话时都不停地这样回答，关于现在，关于未来，关于万物运行……

为了从她口中得到其他回答，我继续诉说着我的忧虑、我的委屈、我的抱怨，可她口里只有那句没完没了的"我们什么也做不了"，我终于受够了，便离开了，生自己的气，也生她的气。向白痴敞开心扉，可真是个馊主意啊！

可一出门，我的想法全变了。"这老太太说得对啊！我怎么就没反应过来她的口头禅里其实包含着一个真理而且无疑是最重要的真理呢？当下发生的一切都在昭示着这一真理，只不过我们内心一直抗拒它罢了。"

第十章

直觉有两类：原始的（荷马、奥义书、民间传说）和迟来的（大乘佛教、罗马斯多噶派、亚历山大灵知派[①]）。最初的灵光和衰疲的微光。意识的觉醒和被唤醒的厌倦。

*

如果已灭绝之物的确不曾存在，那么"出生"作为注定灭绝之源，便会如其他事物一样凤毛麟角。

[①] 灵知（la Gnose）一词源自希腊语"γνῶσις"，即"知识"，是一个哲学-宗教概念。根据该概念，灵魂的救赎须通过对神性的直接认知（经验或启示）——即通过自我认知——而实现。亚历山大灵知派，公元2世纪时盛行于亚历山大城，4世纪时没落。该派相信灵魂转生说，主张借轮回去体验更多不同的经历，从而达至救赎。

*

慎用委婉语！它加剧了本当掩饰的恐怖。

在该写逝世或死亡之处使用消失一词，在我看来荒唐甚至愚蠢。

*

人一旦忘记自己必有一死，就会觉得生来便要成就一番宏图伟业，偶尔也会成功。这种遗忘是不守本分的结果，同时也是其不幸的根源。"乐天知命。"这种悲情之谦逊古已有之。

*

所有罗马皇帝的骑马像中，只有马可·奥勒留的雕像在历经若干世纪的蛮族入侵和风雨剥蚀后仍得以幸存——他是最不像皇帝的皇帝，也是最愿意让自己适应任何其他环境的人。

*

我带着满脑袋重大计划起床，以为整个上午都会埋头工作。可刚坐到桌旁，那可恨、无耻、强词夺理的陈词滥调又来光顾了："你对这世界还有何期待？"一下子就灭掉了我的锐气。于是乎，我又像往常一样躺回到床上，指望能获得某种答案，兴许还能再睡个回笼觉。

*

我们往往只看到事物的表象就迫不及待地选择和做出决定；一旦深入了解，便再也无从决定或选择，只能懊悔不迭……

*

唯恐被愚弄是寻求"真理"的通俗说法。

*

我们在深刻认知自我后，若还未能彻底鄙视自己，是因为厌倦至极，再也无法沉浸于那种极端的感觉当中。

*

遵从某种教义、某种信仰、某种方式是一个令人枯竭的过程——对作家尤其如此；除非如常见的那样，他自己的生活与其抱持的理念相矛盾。此种矛盾或背弃刺激着他，让他不安、尴尬和羞耻，而此类环境对其创作却大有裨益。

*

天堂是一处所在，我们谁都知道，一切都毋庸解释。原罪前的宇宙，阐释前的宇宙……

*

所幸我没有信仰。真要是有了信仰，我会始终生活在失去它的恐惧中。这样一来，它非但不能帮我，反而于我有害。

*

冒名顶替者或"玩恶作剧的人"都深知自己是何等样人，所以很注重观察自己，故而在认知方面会比冷静的头脑更胜一筹、更具优势且更相似。

*

凡具肉身者，皆有权归于被弃绝者之列。若他还受到"灵魂"的折磨，那就再没有什么受诅咒的事是他不能认领的了。

*

面对失去一切的人该说些什么？说话越含糊、越啰嗦，就越有效。

*

最大的懊悔：未完成的行动构成了我们意识中仅有的内容，它们困扰着我们，始终让我们念念不忘。

*

我们有时想成为食人族，与其说是喜欢吞掉这个人或那个人，毋宁说是为了把他吐出来玩的乐趣。

*

不想再做个人……梦想另一种衰亡的形式。

*

每当我们处于转折点时，"躺平"就是上策，一任时间流逝。强行决定毫无价值：这种决定要么出于骄傲，要么来自恐惧。躺平依旧能看清这两种祸害，方式却更平和、更持久。

*

若有人抱怨自己的生活不成功，只须提醒他其实生命本身若不是更糟也不过尔尔。

＊

作品死了；片段既然从未活过，也就无所谓死。

＊

对次要部分的恐惧令我寸步难行。然而，次要部分才具有沟通的实质（因此具有思想的实质），才是话语和文字的血与肉。放弃了次要部分，无异于和骨头架子通奸。

＊

从完成任务中获得满足感（尤其当我们不相信甚至鄙夷这项任务时）便清楚地表明我们在何种程度上仍属乌合之众。

＊

我的长处不在于我彻底无能，而是希图自己无能若此。

＊

我不否认自己的出身，因为一无是处归根到底总比装得煞有介事要强。

*

人，作为惯常动作和心血来潮的混合体，是个有缺陷的机器人，是个失灵的机器人。但愿长此以往，永不修理！

*

每个人，不管是否有耐心，其终生期待的显然只有死亡。但死到临头方能知晓……想享受为时已晚。

*

人肯定在没学会说话以前就开始祈祷了，因为他在摆脱动物性、否认兽性的过程中早已经历过那种极度的痛苦，故而若没有祈祷的低诉和呻吟、预设和先兆，又怎能受得了？

*

在艺术及一切方面，评论者通常比评论本身更有见识、更具洞察力。这也是凶手较之受害者所具的优势。

*

"让我们拜谢诸神吧，生活中它们从不以力服人。"

塞涅卡（根据卡里古拉[①]的说法，其风格缺乏凝聚力）对本性持开放态度，这并非因为他与斯多噶派有什么联系，而是缘于他在科西嘉岛的八年流放——当时的流放制度极度野蛮。这种磨难为一颗浮夸的心灵赋予了在正常情况下绝无可能获得的某种维度——让他免受某种流弊的作祟。

*

这一刻依旧是我的瞬间，它流逝着，从我身边溜走，旋之湮没。我还会和下一个瞬间发生关联吗？我铁下心来：它就在那儿，它属于我，且已很遥远了。从早到晚，创造往昔！

*

在神秘主义者中千方百计尝试却无功而返之后，他只有一条出路：在智慧中沉沦……

*

一旦我们提出一些所谓的哲学问题且动辄使用行话时，就显得高人一等、咄咄逼人，而在这样一个问题必不可少的领域中，谦逊同样必不可少。此种反常不过是表面现象。处理的问题越多，我们就

---

① 卡里古拉（Caligula，12—41），罗马帝国第三位皇帝，公元37—41年在位，被视为罗马帝国早期的典型暴君，后被刺身死。

越容易丧失理性：甚至最终会让问题的维度变成自己的维度。如果说神学家的傲慢较之哲学家的傲慢更"臭不可闻"，是因为他们谁都不关注上帝却又未遭惩罚：最坏的一些人甚至行僭越之事，擅自将上帝的一些属性据为己有。

*

与自己和世界相安无事，心灵就会枯萎。些许烦恼便会让其绽放。总之，思考不过是对我等窘迫和不幸的无耻开发罢了。

*

我的肉身，这副曾经忠于职守的皮囊与我断绝了关系，它不再陪伴我，也不再是我的同谋。我被抛弃了，被背叛了，被甩在了一边，若不是那些沉疴仍在昼夜不停地陪伴我以显示对我的忠诚，我会怎么样呢？

*

"杰出的"人在语言上都不会有所建树。反倒是那些虚张声势、即兴发挥或沉湎于粗俗情感的人擅长此道。那是他们的天性，他们与词语同沉浮。语言天赋难道是底层人的特权吗？不管怎么说，最低限度的恶俗还是需要一点儿的。

*

每个人都该坚持使用一些独门习语，并抓住每次机会加深了解它。对作家来说，和看门老太太聊天比和一位精通某种外语的学者交谈收获更大。

*

"……无所不能的感觉，一无是处的明证。"我年轻时曾偶然想到此言。它让我震撼至极。我当时和后来的所有感觉都跻身于这个非凡而平庸的公式——膨胀与失败、狂喜与绝境的综合。大多数情况下，启示绝非出自悖论，而是来自自明之理。

*

诗歌排斥一切机心和预谋：它是未完成的，是预感，是深渊。既非节奏单调的几何学，也不是一连串毫无血色的形容词。我们这些人受伤至多，失望至深，疲惫至极，且在疲惫中又太过粗俗，所以还欣赏不了这门手艺。

*

我们离不开进步的理念，但该理念不值得我们关注。这就好比生命的"意义"。生命必须有某种意义。可经过审视，又有哪种意义不是可笑的呢？

*

毁林。建房。嘴脸，到处是嘴脸。人类扩张。人类是地球之癌。

*

宿命概念中有某种包容和撩人之物：让你保持温暖。

*

一个本该一步步经历厌腻之种种细微差别的穴居人……

*

妄自菲薄，远比遭人诽谤更有乐趣。

*

我比任何人都清楚生来就渴望一切的危险。有毒的馈赠，上天的复仇。如此重负之下，我什么也做不了，当然，在精神层面上，这是唯一重要的。我的失败绝非偶然，它与我的本质缠绕交织。

*

神秘主义者及其"全集"。若真像他们声称的那样对上帝言说且唯与上帝言说，他们就不该写作。上帝不读书……

*

每当想到本质，我就相信我在沉默或爆发中、在麻木或惊叹中瞥见了它。但从未在话语中与之谋面。

*

当我们成天价思考出生的不合时宜时，我们计划的和实施的一切似乎都平庸和徒劳。我们就像个疯子，虽已痊愈，却总想着经历过的危机，总想着危机中浮现的"梦幻"；他会不断地重回梦幻当中，如此痊愈对其毫无益处。

*

对某些人来说，渴望折磨，犹如他人贪婪钱财。

*

人类第一步就走错了路。天堂的不幸便是首个后果。剩下的会接踵而至。

*

我永远也搞不懂，既然我们知道自己——至少！——不会长生不老，怎么还能活得下去。

*

理想的生命？被幽默蹂躏的天使。

*

在问了一大通关于欲念、厌恶和安详的问题之后，有人问佛陀："涅槃的终极意义何在？"佛陀没有作答。他莞尔一笑。关于这个微笑，我们已讨论过多次，却都未将此微笑看作是对一个无聊问题的正常反应。这正是我们在面对孩子们的诸多"为什么"时做出的反应。我们微笑，是因为根本没有答案，是因为答案比问题更没有意义。孩子们不懂得任何事情皆有限度；他们总想超越极限，去看看之后还有什么。但是，没有"之后"。涅槃即是限度，是极限。涅槃即是解脱，是终极的僵局……

*

可以肯定的是，噪声出现前，比如说新石器时代之前，生命可能还是有些吸引力的。

什么时候才能有人让我们摆脱全人类?

*

我们真是白跟自己说不该比死胎活得更久了，不仅未能一有机会就溜号，反而拿出了疯子般的能量想多活一天。

*

头脑清醒并不能消除活下去的渴望——相反，头脑清醒只会使生命变得更不适于生存。

*

上帝：一种我们自以为可以治愈的病，因为没有人因此致死。

*

无意识是个秘密，是生命的"生存法则"。它是对抗自我、对抗个性化之恶、对抗意识状态衰弱效应的唯一手段，意识状态如此令人生畏，如此难以面对，只该留给竞技者。

*

任何领域的成功都会导致心智匮乏。它会让我们忘掉自我，它会让我们摆脱自身极限的折磨。

*

我从未将自己当作一个存在。一个非公民，一个社会边缘的生存者，一个什么都不是的人，只能藉过度的行为、过剩的虚无而存在。

*

在警句和喟叹之间的某处，沉沦！

*

痛苦让我们睁开双眼，帮助我们看清了原本看不见之物。所以，痛苦只对认知有用，除此之外，它只会毒化生存。顺便说一句，这种毒化可以进而促进认知。

"他受过苦，所以他懂。"对一位遭受过疾病、不公或各种不幸打击的受害者，我们只能这么说。苦难不会让任何人变得更好（除了那些原本良善之辈），它会像所有被遗忘的东西那样被遗忘，它不会被列入"人类遗产"，也不会以任何形式保存下来，只会随着失去的一切而消失。我再说一遍，它只是让我们能睁开双眼。

*

那人说完了他该说的话。现在他该休息了。他不想休息，虽然他已步入"幸存者"阶段，却仍坐立不安，就好像他即将迎来辉煌的人生似的。

*

呐喊只有在一个创造出的宇宙中才有意义。没有创造者，又何必吸引他人的注意？

*

"走到协和广场时，我满脑子的想法就是毁了自己。"（奈瓦尔[①]语）

所有法兰西文学中，没有比这更纠缠我的了。

*

所有事情中最重要的，只有始与终、为与不为。通往存在之路、脱离存在之路，这才是呼吸，才是吐纳，而存在本身不过是某种制振器。

[①] 奈瓦尔（Gérard de Nerval，1808—1855），法国诗人。此句出自其小说《奥蕾莉娅》（*Aurélia*）。

*

随着岁月流逝，我认为自己的早年生活才是天堂。但我肯定误会了。若确有天堂，我早该在我全部的有生之年以前就去找它了。

*

黄金法则：留下不完整的自我形象……

*

人越是成为人，在现实中失去的就越多：这是人为自己的独特本质必须付出的代价。如果他能成功抵达其独特性之极限，以一种完全、绝对的方式成为人，就再也无人会记起其曩昔的生活状态了。

*

面对命运的裁决，沉默历经数个世纪风雨雷鸣般的祈祷之后，重新发现了那句古老的"闭嘴"，如果说这句话在可以预见和公认的失败中恰如其分，那我们就有了抱负和奋斗的必要。

*

任何成功都损害名誉：而且在我们看来，这一切皆难以结束。

*

发现自我之真实的痛苦是无法忍受的。不再自欺者（如果此类人的确存在）该有多可怜！

*

我不会再去读贤哲之书。他们害人不浅。我应当屈从于直觉，让自己的疯狂迎风怒放。可我做了相反的事，我戴上了理性的面具，而这个面具最终取代了面孔，篡取了剩下的一切。

*

狂妄自大之时，我告诉自己说，我的诊断不可能有误，我只需耐心等待，等到最后，等到最后一个人出现，等到唯一能证明我正确的人到来……

*

"最好别出生"这个观念遭到的反对是最厉害的。每个人只能从自己的内心看自己，都以为自己是绝无仅有乃至不可或缺之人，每个人都将自己视为一个绝对的实在，总体而言，就是完整的存在。从我们将自己与存在完全等同起来的那一刻起，我们就像上帝那样做出了反应，吾侪即上帝。

只有活在自己的内心又活在自身的边缘时，我们才能平静地想到，如果出生这件事从未发生过，该有多好。

*

如果顺着自己的性子来，我会炸毁一切。正因为没有胆量由着自己的性子，我才出于忏悔尝试着与那些获得了平静的人往来，这样可以使自己麻木。

*

一位作家之所以能让我们刻骨铭心，不在于我们读过他多少作品，而在于我们想到他们的场合比正常的要多。我不是特别频繁地研读波德莱尔和帕斯卡，但我从未停止过思考他们的苦难，这些苦难犹如我自己的苦难一样忠实地伴我左右。

*

每个年龄段多少都会有些明显的迹象告诫我们：是时候该拔营走人了。我们犹豫着，拖延着，说服自己相信一旦年齿日增，这些迹象将变得如此清晰，任何摇摆不定都会变得不合时宜。这些迹象的确是清晰的，可届时我们已不再有足够的活力去从事生者所能胜任的这个唯一体面的行为了。

*

我突然想起了童年时代一位明星的名字。如今谁还记得她？此类细节比任何哲学上的思考都更能揭示时间那令人愕然的现实与非现实。

*

我们之所以还能硬挺着坚持下去，是因为我们的弱点如此之多、如此矛盾，以致它们之间相互抵消了。

*

唯一能让我感到安慰的时刻，是我在任何人眼里什么都不是的时刻，是一想到我在他人记忆中尚存一丝微痕就脸红的时刻……

*

精神成就之不可或缺的条件：逢赌必输……

*

如果我们希望看到自己的失望或愤怒在减少，关键在于任何情况下都要牢记，我们或者就是为了给彼此添堵，而反抗这种事态则是在削弱共同生活的根基。

*

疾病只有在告知我们病名的那一刻、绳索套上我们脖子的那一刻起，才真正属于我们……

*

我全部思绪都转向了顺从，可我没有哪一天不给上帝或随便谁下最后通牒的。

*

当每个人都明白出生是一种失败时，生存，就像投降者的翌日，就像被征服者的解脱和休憩，最终是可以忍受的。

*

只要相信魔鬼，我们对所发生的一切就都可以理解和搞明白；如果不再相信魔鬼，就势必要对每一事件寻求某种新的解释，这既费力又武断，虽能引发每个人的兴趣，却又不能让每个人满意。

*

我们并不总是追求"真相"；但当我们以渴望和

暴力来寻求它时，便会憎恨一切表达的东西，憎恨一切来自词语和形式的东西，所有崇高的谎言甚至比庸俗的谎言更远离真相。

*

唯有来自情感或愤世嫉俗的东西才真实。剩下的都是"表演天赋"。

*

"活力"和"拒绝"成双入对。宽容是贫血的标志，它会压抑笑声，因为它向各类差异低头。

*

生理痛苦帮助我们略带信心地展望未来：它们能让我们免于过度的自我折磨，它们会尽最大的努力，以确保我们的长远计划没有时间可以消耗我们所有可用的能量。

*

帝国在崩溃，蛮族在前进……除了逃离这个时代，还能干些什么？

当有处可逃时，当孤独的空间可以进入且欢迎我们进入时，便是快乐的时光！我们已被剥夺殆尽，甚至被剥夺了荒漠。

*

对那些耽于揭穿表象者而言，事件和误解是同义词。

确认本质，意味着放弃游戏，承认失败。

*

某人说自己像一座"火山"肯定是对的，他的过错在于比喻得太过具体。

*

穷人因为缺钱便总惦记钱，最终失去了一无所有者的精神尊严，像富人那样堕落了。

*

心灵——其实就是空气，简言之就是风，充其量是烟，早期的希腊人就这样认为。每当我们厌倦了在自己或他人内心探寻陌生的或者说可疑的深度时，都会心安理得地接受这种看法。

*

走向冷漠的最后一步意味着冷漠观念本身的毁灭。

*

金秋让凤尾草美不胜收，在林中沿两侧的凤尾草树篱散步犹如凯旋。和这样的凯旋相比，投票选举和沿途喝彩又算得了什么？

*

贬低自己，诋毁自己，粉碎自己，自毁根基，打击自己的基础，颠覆自己的起点，惩罚自己的血统……诅咒所有那些未中选者，那些末等的、平庸的、在欺骗和挽歌间挣扎的孬种，其唯一的使命就是不要有任何使命……

*

一旦摧毁了自己的所有依恋，便能体验到一种自由的感觉。事实上，我的确体验到了，那感觉如此强烈，我甚至都不敢欢欣鼓舞。

*

当直面万物的习惯变为狂热，我们会为曾经的和如今已不再的疯狂哭泣。

第十一章

某个被我们捧得过高的人若做事有失身份，庶几和我们的差别就不大了。他借此种方式免除了我们的崇敬之苦。也正是从此时起，我们才开始真的尊重他。

*

　　没有比因胆怯而犯下卑劣粗暴的罪行更糟糕的行为了。

*

　　一位目击者称，福楼拜面对着尼罗河和金字塔时，想到的只有诺曼底，只有未来《包法利夫人》一书中的风俗和景色[①]。对他来说，除了包法利夫人，

[①] 1850 年，福楼拜（Gustave Flaubert，1821—1880）曾与其友马克西姆·杜刚（Maxime Du Camp，1822—1894，法国作家、旅行家、摄影家，即文中所说的"目击者"）一起去近东旅行。

其他似乎全不存在。想象，意味着自我约束，意味着排斥：没有坚拒的定力便谈不上计划，谈不上创作，谈不上实现任何目标的方法。

*

看似胜利的各种事，在我眼中皆为耻辱，所以在任何情况下，我都只能怀着必败的决心坚决战斗。我已然度过了对众生来说重要的阶段，看不出有什么理由非要在已知的世界中抗争。

*

讲授哲学只能在市集、花园或自家进行。讲坛是哲学家的坟墓，是一切鲜活思想之死，讲坛是哀悼的灵魂。

*

"但愿还能渴望"确证了我未能准确地感知现实，还在胡思乱想，离"真相"仍差十万八千里。《法句经》有云："人之成为欲望的牺牲品，只因看不清事物的本相。"

*

我气得浑身发抖：我的荣誉岌岌可危。几小时过去了，黎明将至。难道我要为一件小事毁了我的夜晚吗？无论我多么努力淡化此事，可想出来能让自己平静的理由仍毫无效果。竟然有人敢这样对我！正当我要打开窗子像个狂怒的疯子大喊大叫时，脑海中遽然浮现出我们这颗星球像陀螺般旋转的画面。我的怒火顿时偃旗息鼓。

*

死亡并非全无用途。多亏了它，我们或许能重新恢复出生前的空间，我们唯一的空间……

*

过去，以祈祷和求助开始新的一天太正确了！我们如果不知道该向谁求助，最终会拜倒在率先出现的那个疯狂的神灵脚下。

*

对身体的敏感，意味着健康的缺失。
……换句话说，我身体一直都不大好。

*

一切都是欺骗，我始终心知肚明：然而这种确定性并未给我带来任何安慰，除非它猛地出现在我的脑海里……

*

将不稳定性的感知升华为视觉，升华为神秘的体验。

*

忍受一个又一个挫折的唯一办法，是热爱挫折观念本身。如果能做到，则惊诧不复存在：我们比发生的一切更强大，我们是百折不挠的受害者。

*

在殊绝的痛感中审视自我、分裂自我、超越自我，哪怕会呻吟，会尖叫，也远比在不甚痛苦中更有价值。任何近乎痛苦之物都会唤醒每个人心中的心理学家、好奇者和体验者：都想看看在不堪忍受的情况下，我们到底还能走多远。

*

和疾病相比，何谓不公平？我们的确会认为生病不公平。这也是每个人的反应，不必担心对错。

疾病存在：没有比这更真实的了。如果宣称疾病不公平，那就请君入瓮，做做同样的事，简言之，就是谈谈生存的不公平。

*

如此创世，毫无价值；修补修补？更没价值。
何不让其留在自己的真实中，留在自己原初的无足
轻重中！

即将降临的弥赛亚——真正的弥赛亚——我们
理解它的莅临还需时间。它的使命绝非易事：把人
类从极端狂热中拯救出来。

*

当我们因过于习惯自己而恼怒并开始憎恨自己
时，很快便意识到这只会比以前更糟糕，憎恨自己
只会进一步强化与自我的联系。

*

我没有干扰他，我让他自行权衡每个人的是非
曲直，我静候他的分派……他对众生的误解令人困
惑。他既敏感又天真，他评判你，仿佛你是一个实
体或某个类别。时间对他无能为力，他不能接受我
游离于它所禁止的一切之外，也不愿承认他所赞赏
的一切皆与我无关。

对一个来日无多的人来说，对话已全无意义。

我向我爱的人们发出请求，愿他们都能好心老去。

*

面对任何事物皆心生恐慌，面对盈满和空无亦如此。原初的恐慌……

*

上帝在，他不在也没关系。

*

老D无法领悟"恶"。他注意到了"恶"的存在，但无法将其融入自己的思考。我们不知道他是否来自地狱，但他的言谈已然远离了伤害他的东西。

想从其观念中钩沉他所经历的点滴艰辛纯属徒劳。他时不时也会有一些受害者的反应，但仅仅是反应而已。他对消极持否定态度，他看不出我们拥有的一切无非是"非存在"的本钱。可他的行为不止一次昭示出恶灵的存在。似不知不觉中恶魔附身。这是一个被"善"所迷惑和洗脑的毁灭者。

*

想评估自己的衰老程度这种好奇心是我们日渐苍老的唯一原因。我们总以为大限已至、天际亘阻，并为此哀叹不已，一任自己颓丧。可后来又发现还可以跌得更深，还有新的事物存在，所有希望并未失去，还有可能陷得更深，从而延缓冻结和僵化的危险……

*

赫格西亚斯[①]，那位二十三个世纪以前的昔兰尼学派的哲学家，总喜欢说"疯子眼中的生活才是美好的"，我们大概只知道他说过这样一句话……如果说有哪部作品我们想重新创作的话，则非其作品莫属。

*

无人能抵达贤哲的境界，除非在有生之年即有幸被人遗忘。

*

思考，意味着颠覆，意味着颠覆自我。行动带来的风险则较小，因为行动可以填补事物与我们之间的空白，而反思则会危险地扩大这一间隔。

---

① 赫格西亚斯（Hégésias，约前290—？），古希腊昔兰尼学派哲学家，他认为幸福是不可能的，死亡比生命更可取，因此他建议自杀，故被称作"死亡推动者"。由于其理论导致无数人自杀，他的书被禁，本人也被流放。

……只要我能全身心地投入体育锻炼，从事体力劳作，我就会快乐和充实；但凡停下来，我就头晕，所以只想着永远摆脱晕眩。

*

在内心的最深处，当我们落底并触到深渊时，骤然会被一种高于上帝的情感所唤醒———一种防御性的反应，或者说，是荒谬的骄傲。那是"终结之诱惑"浮夸而不洁的一面。

*

一个有关狼的节目介绍了各类狼嚎。其语言何等丰富！没有比这更令人心碎的了。我终生难忘这种语言，将来，当我太过孤独之时，只要能清晰地记起这种语言，便足以让我萌生对某群体的归属感。

*

从失败现诸端倪的那一刻起，希特勒便只谈论胜利了。他相信这一点——总之，他表现得就像他相信这一点——他直到最后仍然深陷于自己的乐观和信念当中。他周围的一切都在崩溃，他的希望每天都在破灭，可他坚忍地期待着不可能的奇迹发生，就像那些无可救药的人才能做到的那样蒙蔽自己，他有力量走到尽头，他有力量创造一个又一个恐怖，他有力量超越其疯狂，甚至超越其命运。因此，我们可以说，他，这个把一切都搞砸了的人，他比随便哪个凡夫俗子都自我实现得更好。

*

"哪怕我身后将洪水滔天！"[①] 是每个人都不言自明的座右铭：如果我们承认他人比我们活得更久，是因为希冀他们会为此受到惩罚。

*

一位曾在非洲近距离观察过大猩猩的动物学家对其单调而懒散的生活深感讶异。数小时无所事事……难道它们不知道什么叫无聊吗？

这其实是一个"人"——一种忙碌的猿类——才会问的问题。动物非但不会逃避单调，反而会寻觅单调，它们最害怕见到"单调"止息。因为"单调"一旦停止，恐惧便会取而代之，而恐惧，正是

---

① "哪怕我身后将洪水滔天！"（Après moi le déluge!）是法王路易十五（Louis XV, 1710—1774）的情妇蓬巴杜夫人（Madame de Pompadour, 1721—1764）的一句名言。"七年战争"期间（1756—1763），法国于1757年在罗斯巴赫会战中被普鲁士打败，传说蓬巴杜夫人为安慰深受溃败影响的国王不要过度悲伤，曾说："您不能悲伤：您会生病的。哪怕我们身后将洪水滔天！"。

一切混乱的起因。

"无为"神圣。而人类却反抗"无为"。自然界中，唯有人类无法忍受单调，唯有人类想不惜一切代价搞点儿事情出来，而不论是什么事情。人类以此种方式证明了自己的德行配不上祖先：追求新奇本应是走火入魔的大猩猩之所为。

*

我们离那个"不能呼吸"的时刻越来越近了。一旦成功，就将是伟大的一天。不幸的是，我们尚在前夜，唉！

*

一个民族，唯其接受了屈从于偏见且不将偏见当作偏见的那个注定荒谬的惯例时，才能实现并保持其卓越。一旦一语道破，一切都将被揭去面纱，一切都会受到损害。

想主宰一切、发挥影响、制定律法，想办成这类事必须靠莫大之愚蠢：历史，其本质便是愚蠢……历史仍在继续，在前行，因为各民族都在轮番消除其偏见。若真能同步摆脱偏见，剩下的便只能是一个受到祝福的宇宙之解体了。

*

人活着不能没有动力。我早就没有动力了，可我还活着。

*

我身体很健康，比以往任何时候都好。一股寒意遽然攫住了我，这寒意显然无药可医。我怎么了？这种感觉已不是第一次让我不知所措了。可此前我一直隐忍，没想探个究竟。这一次，我想知道，而且马上。我排除了一个又一个假设：这不可能是病。无任何症状证明我有病。怎么办？我完全懵了，竟找不到一个假装的解释，此时，一个突然出现在脑海里的念头让我顿时松了一口气：这只是极度寒冷、终极寒冷的一个版本，那不过是死亡在练习、在排演……

*

天堂里，光从四面八方包围了万物和众生，连投射的影子都没有。也就是说，它们不具有真实性，就像所有未被黑暗开启并被死亡抛弃的东西一样。

*

我们的第一直觉历来真实。小时候我对很多事情的看法如今看来越发正确了，而且，在经历了如此多的徘徊和曲折之后，我如今旧话重提，为我原本能在这些启示的废墟上建立起自己的"存在"而伤悲。

*

我去过的地方中，除了有幸遭遇过极端痛苦的某几处地方以外，其余的都记不住了。

*

市集上，我看着那个装腔作势、大呼小叫、筋疲力尽的杂耍艺人，对自己说，他正在履行自己的义务，而我却在逃避个人的职责。

*

无论想在哪个行当露脸、有工作可做，多少都得装得像个狂热分子。如果我们不认为自己被赋予了某种使命，则很难生存，更不可能出人头地。

*

确信救赎不存在也是救赎的一种形式，甚至就是救赎本身。在此基础上，我们既可以妥善安排自己的生活，也可以建立起一种历史哲学。将"无法解决”作为解决方案，作为唯一的出路……

*

我的软弱毁掉了我的生活，但正因为软弱，我才得以生存，才得以想象自己存在。

*

人，唯其不再相信自己后，我才会对他感兴趣。他只要还在崛起，就不值得重视。如今，他唤起了一种新的感觉，一种特别的情感：怜悯的恐惧。

*

无论我已摆脱了多少迷信和束缚，仍不能认为自己是自由的且已远离了一切。胜过了其他激情而幸存下来的“弃绝之疯狂”不肯离开我，它不屈不挠，它苛求我继续弃绝，它让我困顿不堪。但弃绝什么呢？还有什么可以弃绝？我思索这个问题。我的角色结束了，我的事业完结了，可我的生活没有丝毫改变，我还是处在同一个点上，仍不得不一次又一次地弃绝，经久不息。

第十二章

明白了，可依旧活着：没有比这更错误的立场了。

*

当我们冷静地思索配发给每个人的那段时间后就会发现，无论延续一天还是一个世纪，都似乎同样令人满意，也同样不值一提。

"我用了我的时间。"——能在人生的任一瞬间包括第一个瞬间大声说出这句话来，都是最合适的表达。

*

死亡是那些将要品尝惨败滋味、命定不会成功者的宿命，是对所有那些没有成功、不想成功者的报答……死亡证明他们是对的，死亡是他们的胜利。另一方面，死亡对其他人，对那些为成功而拼搏的人，对那些已经成功的人，又是何等绝情的否定，何等响亮的耳光！

*

一位埃及僧侣在与世隔绝十五年后，收到了他父母和朋友寄来的一大包信。他看都没看就丢进了火里，以逃避记忆的骚扰。若允许鬼魂现身和肆虐，我们就无法与自己和自己的思想保持沟通。旷野，与其说意味着新的生命，莫若说意味着曩昔之死：我们终于从自身的历史逃离。在那个世纪，就像在所有荒僻的隐居地一样，写信或收信都证明自己仍被约束，藩篱仍未打破，所以依旧是个奴隶，且只能是个奴隶。

*

再坚持一下，那一刻便会到来，届时一切皆无可能，人类不得不完全依靠自己，再不可能向任何方向挪动一步。

如果我们能大略设想一下这种前所未有的景象，当然希望多一些细节……尽管如此，我们仍然生怕错过这一盛会，生怕自己不够年轻，没机会参与。

*

"存在"（être）一词 [1]，无论其出自杂货店老板还是哲学家之口，表面上看如此丰富、如此诱人且如此意义非凡，其实没有任何意义。一个睿智的头脑可以随时随地使用它反倒让人难以置信。

*

我夜半起身，在房间里转来转去，确信自己既是上帝的选民又是恶棍，对失眠者而言，这种双重的特权再自然不过了，可对那些信奉日出而作日入而息的人来说，则意味着令人厌恶或不可理喻。

*

并非每个人都童年不幸。我的童年非常幸福。鲜花满径。我找不到更贴切的修饰语来形容我那个苦中有乐的童年了。所以我必须为此付出代价，绝不能脱责免咎。

*

我那么喜爱陀思妥耶夫斯基的书信，因为他在

---

① 法语中，"être"一词的内涵极为丰富：作为名词有"存在/本质/内心/生命"等意思，作为动词有"是/存在/生存/有"等意思。

信中只谈疾病和金钱，此乃其书信中唯一的"刺激性"话题。其他的都是虚饰和糟粕。

*

有人说五十万年后英格兰就完全沉入水下了。我要是英国人，会立刻放下武器。

每个人都有自己的时间单位。对有些人来说，时间单位是一天、一周、一个月或一年；对另一些人来说是十年，甚至百年……这些时间单位依旧在人类范围内，可与任何计划和工作并行不悖。

另有些人则以时间本身为单位，甚至有时会超越时间：对他们来说，没有什么工作、计划值得认真对待。他们目光远大，他们与未来整体同步，他们不再忙碌，甚至懒得动弹……

*

我在各种场合都迷恋于不可靠之事：我今天上午寄出一封信，告诉自己说，这封信是寄给一个必定会死的人的。

*

一次绝无仅有的体验，无论什么主题，在你自己看来，你都像是一个幸存者。

*

　　我始终活在"不可能生存"的意识中。而我的好奇心让我的生存变得可以忍受，我想知道我将如何度过每分、每天、每年到接下来的每分、每天、每年。

*

　　成为圣人，其首要条件便是去爱那些无聊的人，并忍受各类拜访……

*

　　摇醒众人，把他们从睡梦中拖出来，而我们知道自己正在那儿犯罪，也知道让他们继续安睡会好上千倍，况且他们一旦醒来，我们并没有什么可给予他们的……

*

　　王港修道院①。这片绿色的土地上发生过那么多争论和撕裂，就因为一些鸡毛蒜皮的琐事！一段时间过后，任何信仰都显得毫无缘由和不可理喻，就

---

① 王港修道院，位于巴黎西南部，建于 1204 年，是天主教詹森派的大本营，1709 年前后被毁。

像毁灭信仰的反信仰一样。唯有二者引发的困惑至今犹存。

＊

一个能感知时间的可怜家伙，时间的牺牲品，时间的殉葬人，感受不到他物，他在每分每秒都是时间本身，熟稔玄学家或诗人承蒙崩溃或奇迹方能揣摩和感悟之事。

＊

这些内心的轰鸣未产生任何效果，却把人变成了光怪陆离的火山。

＊

每每狂怒之际，我先是难过和鄙视自己，然后又对自己说：真是幸运，天赐机缘！我还活着，我仍是那些有血有肉的鬼魂之一……

＊

刚刚收讫的电报还在继续。电报中列举了我所有的自负、所有的不足。有些我从来不觉得是缺点的地方也被逐一点出和列明。何等的预见，又是何等的缜密！在这份冗长的诉状结尾，没有任何线索也没有任何蛛丝马迹能让我们确定发送者。这会是谁？为什么要采取这么仓猝、这么不合惯例的追索手段？谁会在牢骚满腹中还这么严谨清楚地说出他的想法？这个无所不知却不敢报上名字的审判者，这个知道我所有隐私的懦夫，这个拒绝给我提供任何减罪机会的检察官——这些机会就连那些酷吏也看得出来——是从哪儿冒出来的？我可能误入过歧途，可我也有权得到宽恕。我在自己的谬误清单前退缩了，我窒息了，我再也受不了这一连串的事实……该死的电报！我撕掉了它，然后就醒了……

*

有观点是必然的、正常的；有信仰则另当别论。每当我遇到某个有信仰的人时我都在想，他智性上有什么恶习、有什么缺陷让他获得了信仰。不论这问题多么合理，我扪心自问的习惯却毁了谈话的乐趣，让我良心不安，让我在自己眼里变得可憎。

*

有段时间，写作对我似乎很重要。我觉得自己所有的执迷中它最有害，也最难理解。

*

我太过滥用"厌恶"一词了。可对某种因倦怠
而不断恼怒又因恼怒而不断倦怠的状态，还能选择
哪个词呢？

*

我们整晚都在尝试给他下个定义，我们讨论了
一些委婉的说法，这些说法让我们可以避免使用
"背信弃义"一词。他不是背信弃义，只是不正直，
极为不正直，同时又很单纯，很天真，甚至像天使。
可能的话，可以把他想象成阿辽沙和斯乜尔加科夫
的混合体①。

*

当我们不再相信自己时，创作或缠斗也就停止
了，甚至连提问或作答这样的事也不做了，而当做
之事恰恰相反，应该看到，正是从这一刻起，我们
挣脱了束缚，已经有能力去把握真相，辨别真伪。
可是一旦对自己的角色或命运丧失信心，就会对一
切乃至"真相"都兴趣不再，哪怕此时比以往任何

———————————

① 阿辽沙和斯乜尔加科夫是陀思妥耶夫斯基的长篇小说《卡拉马佐
夫兄弟》中的人物。

时候都更接近真相。

＊

在天堂里，我持续不了"一季"，甚至持续不了一天。那么，该如何解释我的怀旧之情呢？我不解释，它始终在我心里，在我出生前就已经在我心里了。

＊

无论谁，偶尔都会感觉自己占据了某个点、某个时刻；而每日每夜、每时每刻都体悟到这种感觉则不常见，可正是从此种体悟、此种作为论据的事实开始，我们才能或转向涅槃，或转向嘲讽，或同时转向这二者。

＊

我虽然发誓决不违背神圣的简洁，却始终是词语的同谋，而且即便被沉默诱惑也不敢擅入其中，只在其边缘徘徊。

＊

我们应依据某宗教对恶魔的理解而判定其真实的程度：它赋予恶魔的地位越显赫，越证明它关注现世，越证明它拒绝欺骗和谎言，越证明它是严肃的，因其更注重查证，而不是胡言乱语，也不为抚慰人心。

*

没有什么值得弃绝，因为没有什么值得获得。如此便可摆脱一切，从原初到终结，从降临到崩塌。

*

一切皆已言尽，再无可说，对此我们心知肚明，也能感觉得到。但感觉不那么明显的是这一尽人皆知的事实为语言赋予了一种怪诞甚至令人担忧的地位，并由此拯救了语言。词语终于获救，因其已终止生存。

*

我反复思考死者的条件，从中领略巨大的益处与巨大的伤害。

*

衰老不可否认的好处是能近距离观察器官缓慢而有条不紊的退化；它们开始崩溃了，有些引人注目，有些则不露痕迹。它们与肉体分离，有如肉体与我们分离：它避开我们，逃离我们，不再属于我们。它临阵脱逃，而我们却不能谴责它，因为它不会在任何地方停留，也不会再服务于任何人。

*

有关隐士的书我从不厌读，尤其是那些据称"厌倦了寻求上帝"的人。这些旷野中的失败者令我着迷。

*

如果兰波出于某种不明的原因能继续写下去（我们不妨想想在那些闻所未闻的日子里，有个叫尼采的人在写了《瞧！这个人！》[①]之后仍创作力十足），他很可能最终会以收敛、守规矩、文饰自己的情感爆发、解释那些情绪甚至自我辩解收场。不管怎么说，这都是大不敬，过度的良心不过是某种形式的亵渎。

*

我一直都遵循一个理念，即：人所达成的一切，

---

① 《瞧！这个人！》是德国哲学家尼采（Friedrich Wilhelm Nietzsche, 1844—1900）的自传，创作于 1888 年。"瞧！这个人！"一语，典出《圣经·新约·约翰福音》第 19 章第 5 节，是罗马帝国犹太行省总督本丢·彼拉多命人鞭打耶稣并向众人展示身披紫袍、头戴荆冠的耶稣时说的一句话。

都必定反过来与之作对。这理念并不新鲜，但我带着一种确信的力量依它而活，带着一种与狂热或谵妄绝不相同的顽强依它而活。它既非殉道，也非耻辱，我不会为它受苦，也不会用它换取其他真理、其他启示。

*

比佛陀更进一步，超越涅槃，学会无他……不再被任何事物所阻，甚至不再为解脱的念头所阻，只视其为一次寻常的停顿，一种不适，一次日食或月食……

*

我对那些注定失败的王朝，对那些摇摇欲坠的帝国，对历代的蒙特祖玛[①]，对那些迷信征兆的人，对那些伤心欲绝和被追杀的人，对那些沉迷于宿命的人，对那些受到威胁的人，对那些被吞噬的人，以及对所有坐待刽子手到来的人，永远充满同情……

*

我从那位批评家的墓前走过，丝毫未停下脚

---

① 蒙特祖玛（Montezuma），古代墨西哥阿兹特克帝国皇帝的称呼。

步——我曾反复咀嚼过他不少刻薄的评论。经过那位诗人的墓地时，我也不曾停步——这位诗人在世时只想着自己最终的毁灭。而另一些名字则萦绕在我心头，这些名字来自他处，与某些无情但抚慰人心的教义有关，与某种精心设计的幻象有关——这种幻象能驱散所有痴迷，甚至驱散丧痛。龙树，月称，羼提提婆[①]——无与伦比的杀戮者，为救赎的执念而刻苦钻研的论师，"空性"[②]的大师和使徒……对这些贤哲中的贤哲而言，宇宙不过是一个词语……

*

无论我观察过几多寒秋里树叶纷纷欲落的景象，但每次仍能带给我一种惊奇——若非最后一刻有一种说不清、道不明的愉悦爆发，这种惊奇是弥漫着"脊背发凉"之意味的。

*

有些时候，即便远离任何信仰，我们还是会认

---

① 龙树，印度佛教僧侣、大乘佛教论师、哲学家和作家，中观学派的创始人，约生活于公元 2 世纪，被视为释迦牟尼之后大乘佛教中最重要的论师。月称（约 600—650），印度大乘佛教僧侣，中观学派论师，曾任那烂陀寺住持。羼提提婆，佛陀幼年时的武术教师。
② 空性，佛教术语，梵文"śūnyatā"的对译，意为"空／非真实性"。

为上帝是唯一的对话者。在我们看来，对其他人谈论自己似乎是不可能或是疯狂的。极端的孤独渴求极端的对话形式。

*

人发散出某种特殊的气味：所有动物中，唯其闻起来有一股死尸的味道。

*

时间不愿流逝。白昼似乎远在天边。说实话，我并没有期待白昼，我期待的是忘掉这个逡巡不前、拒绝前行的时辰。"有福了，"我对自己说，"行刑前夜，那个被判死刑的人至少可以睡个好觉！"

*

我是不是还能站着？会不会马上倒下？

要说有什么有意思的感觉，肯定是先让我们尝尝癫痫的滋味。

*

幸存者中没有谁会承认鄙视自己，有时甚至都不自知。

*

过了叛逆的年龄却还要大发雷霆，自己就成了老糊涂的路西法 [①]。

*

我们身上若没有留下生命的耻辱标记，那就太容易脱身了，一切都会顺其自然！

*

当场宽宥一切，我做得比谁都好。当受到冒犯的记忆行将消退，当行为动机近乎为零，我那报复的欲望才姗姗来迟、来迟姗姗，此时我能做的唯有哀叹自己"良好的感觉"而已。

*

唯当每时每刻与死亡擦肩而过，我们才有幸一瞥"存在"建立在何等癫狂的基础之上。

*

归根结底，我们是不是什么人甚至是不是上帝

① 路西法，犹太教与基督教名词，出现于《圣经·旧约·以赛亚书》第14章第12节，其字面意思是"光之使者"（即黎明时分出现的金星），通常指被逐出天堂以前的撒旦。

都绝对无关紧要。这一点，只要稍加坚持，就能让几乎所有人同意。可为什么每个人仍渴望更多的存在，却没有人愿意屈尊转向理想中的那种缺乏呢？

*

根据某些部落中相当普遍的一种观念，认为死者和生者说的都是同一种语言，其不同之处仅在于词语的含义截然悖反："大"意味着"小"，"近"意味着"远"，"白"意味着"黑"……

这便是死亡的意义之所在吗？不过，这种完全颠倒的语言倒是比任何发明出的殡葬方式更能说明死亡非比寻常、令人震撼……

*

我很愿意相信人类的未来，可既然我们仍然拥有自己的才干，又该如何抵达未来？这只能让人类一次又一次地濒临崩溃！

*

未被宿命秘密打上烙印的思想仍可以相互交换，但无甚价值，不过是某种思想而已……

*

在都灵，尼采在精神错乱之初便不断冲向镜子凝望自己，转过身，又再次凝望自己。在开往巴塞尔的火车上，他唯一坚持要的依旧是一面镜子。他认不出自己是谁了，他在寻找自己，而他又是那么执拗于维护自己的身份，是那么渴望自我，为了能找到自己，他只有采取这种最粗鲁、最可怜的手段。

*

没人比我更无用、更不堪用。这只是我本该接受的论点，而非引以为荣。只要事实并非如此，意识到自己无用也起不了什么作用。

*

无论什么噩梦，我们都会参与其中，而且是主角，是其中的重要人物。不幸的人总能在黑夜里取胜。如果压制噩梦，就会发生一系列革命。

*

对未来的恐惧总是与体验这种恐惧的渴望相连……

*

　　我突然发现自己孤独一人。面对着……我童年的那个下午，我觉得刚刚发生过一桩非常重大的事件。那是我第一次觉醒，是首个迹象，是意识的先兆。此前，我不过是一个存在。从那一刻起，我就多多少少是现在这个样子了。每个"自我"皆始于某次轻度的精神失常和某个启示。

*

　　出生和束缚是同义词。降临人世，所见皆枷锁……

*

　　说"一切皆为幻象"，意味着为幻象献身，意味着承认其高度真实，甚至是最高的真实，而我们的本意则是要质疑这种说法。该怎么办？最好能停止宣扬或谴责它，并通过思考来达到目的。那种取消一切观念的观念本身便是一种桎梏。

*

　　如果一天睡上二十四小时，我们很快就能回归原始的停滞状态，回归"创世"前的那种完美而迟钝的幸福状态——超越所有自我意识之梦。

*

不出生，无疑是最佳方式。不幸没有人做得到。

*

没有人比我更爱这个世界，可如果它被人放在托盘上向我拱手相送，即便我还是个孩子，我也会大声嚷道："太迟了，太迟了！"

*

"怎么啦？您到底怎么啦？"——没事，什么事都没有，我只是在我的命运之外纵身一跃，可如今，我不知该向何处去，该往哪里跑……